新 潮 文 庫

イタリアからの手紙

塩 野 七 生 著

目次

イタリアからの手紙

カイロから来た男

外国にいると、日本でなら一生知りあうこともなくすんでしまいそうな人とめぐり会うことが、よくあるものだ。

歴史を学んでいた私にとっては、エンジニアなどの自然科学系の仕事をしている人々は、学校時代の同級生ででもなければ、知りあう機会はほとんどない。

その私が、ふと行きずりに出会い、そして、名前も住所も勤務先も知らずに別れたあの男、ひそかに〝カイロから来た男〟と名附けたその人を時折思い出すのは、彼が、私とは全く違う職業を持っていることに対する、私の単純な好奇心から出たものであろうか。それとも、ローマに年毎《としごと》に増えてくる、団体を組みたがる日本人観光客とは違って、ただ一人で美術品の前にたたずんでいた、その静かでおだやかな視線のためであろうか。

話は、七年前の夏にさかのぼる。その頃《ころ》私は、午前中は読書に過し、午後は、ローマの街に散在する遺跡や美術館を見て歩くという毎日を送っていた。その日も、当時借りていた市の中心にある私のアパートからは歩いて行ける、ローマ国立美術館の中で、午後を過すつもりでいた。

ヴェネト通りを下り、ビソラーティ通りを上ってしばらく行くと、エセドラの噴水のある広場に出る。昼食を終えたばかりのこの時刻は、南欧特有の習慣である午睡の時間にあたるので、街路にも広場にも人影はほとんど見えない。店もシャッターを降ろしてしまう。こうして、一時から四時半頃まで、ローマでは町中が眠りに落ちる。道を歩いているのは、午睡の習慣を持たない外国人旅行者くらい。時折、自動車が猛スピードで通り過ぎていく。

エセドラの噴水は、人も車もいない広場に、高々と水のしぶきを上げている。客を待つ観光用の馬車も、広場のはしの木陰に寄り、馬はただ黙々とかいば袋に鼻をつっこみ、馭者《ぎよしや》の方は、客席で眠りこんでいる。

噴水のわきを通り、はるか正面に終着駅の白い建物を見ながら左手にまわると、古代ローマ帝国皇帝ディオクレティアヌスの浴場跡の入口だ。ローマ国立美術館は、この中にある。入口で、これまた眠りこんでいる守衛を起して切符を買って中に入ると、強烈な陽光にさらされてきた肌《はだ》が急に冷水を浴びせかけられたような、ひんやりとした冷気につつまれる。かつては大理石によって装われていた壁面は、今ではそれがはがれ、かっ色のレンガがむき出しになっているが、それでも、部厚いレンガの壁と天井は、夏のローマの陽光をさえぎるに充分なのであろう。

しかし、何度もここを訪れている私は、ところどころに立つ石像やモザイクの床面には足を止めず、まっすぐに目的の場所へ急ぐ。館内に入っても、右手にある陳列室の前は素通りだ。そこにあるヘレニズムやローマ時代の彫刻は、後で見ればよい。そのまま、中庭へ出る。中庭をめぐる回廊の一隅《いちぐう》に置かれてある古代ギリシア時代の浮彫りが、私のお気に入りだからだ。陳列室にも人影は見えなかったが、中庭にも誰もいる気配がない。ローマでは最も静かなこの時刻に、誰の邪魔もなく、私のヴィーナスとひとときを過せることに満足して、私はそこに近づいた。

ところが、誰もいないと思っていたその場所に、男が一人いたのである。彼は、濃い緑色のシャツの背中をこちらに向けて、私のヴィーナスの前にたたずんでいる。私は、今までの満足感を台無しにされた思いで、自分勝手な不機嫌《ふきげん》さをもてあましながら、じっとその男の背中をにらんでいた。何もこの時刻に、しかもよりによって私のお気に入りの彫刻の前に、と思いながら。

とその時、男も人の気配を感じたとみえてふり返った。その薄い肩とこわい黒髪とで、私は直感的に日本人だと思った。彼も、私を日本人と見たらしい。ごく自然に、私たちは黙礼をかわしたから。

どちらが先に話しかけたのかはおぼえていない。そして私たち二人の会話が、どんな話題からはじまったのかも、今では忘れてしまった。

ただ私は、この四十歳近い、もの静かな日本の男と、「ルドヴィージのヴィーナス」と呼ばれている、紀元前五世紀に作られた、湯浴《ゆあ》みするヴィーナスと彼女に奉仕している女神たちの薄い浮彫り彫刻を見ながら、中庭の回廊の石の柱によりかかって、午後のひとときを過したのである。

彼は話した。二年前から、エジプトのアスワンハイダムの工事を指導するため、日本から派遣されて、エジプトに滞在していたこと。その間に一度だけ、家族に会うために日本へ帰ったこと。砂漠《さばく》の中での工事で、前から浅黒かった肌が、ますます黒くなってしまったこと。アラブ人を使う仕事はなかなか苦労が多かったが、それでも、海の波のようにうねる砂丘の向うにピラミッドを見た時は、やはりあれは三角形でなければならず、その形が最も美しく自然にかなっているのだと、感心して眺《なが》めてしまったこと。

彼は続けた。どうやら自分は、ダム工事という機械的な仕事をするためにエジプトに来たのだが、二年の滞在期間を過ぎてみると、知らず知らずのうちに、歴史や美術のような人間的なものに魅《ひ》かれはじめたようだ。もちろん、二十年近くも続けてきたエンジニアの仕事は、自分にとっては何よりの世界だけれども、もうひとつ、別の世界も自分にはあるのだと思いはじめてきたのだ。

だから、カイロでの仕事が終った今、すぐにでも日本へ帰れるのだが、自分は、このしばらくの休暇を、自分の発見したもうひとつの世界のために捧《ささ》げようと決めたのだ。ヨーロッパ各地の美術館をまわり、ヨーロッパの歴史を味わいながら。

そしてローマが、カイロを発《た》った自分にとっては最初のヨーロッパの都市なのだ、といった。こうして、ヨーロッパを南からまわりはじめ、北のコペンハーゲンから日本に帰る。そこには、家族とつぎの仕事が待っているであろう。しかしそれまでは、この若者のような心のときめきを大切にしながら、一人で旅をしてみたいのだと。

彼の話を聞きながら、私の不機嫌さはいつのまにか消えていた。そのうえ、彼がカメラを持っていないことが、私の気に入った。この人は、写真をとって記念に残すことよりも、自分自身の眼《め》で見る方をより大切にする人らしい、と感じたのだ。さらに、彼がローマで泊っているホテルの名を聞いた時、彼に対する私の好感情は決定的となった。そのホテルは、ローマでは最高級に属するホテルで、彼はそこに宿を取っている理由を、自分のやりたいことをするには、なるべく快適な環境でやりたい、といったからである。人間は、金を貯《たくわ》える時よりも、金を使う時の方がより人間的になる、と常々私は思っている。

気づかない間に、時が過ぎていたらしかった。私たち二人のほか誰もいなかった中庭にも、二人、三人と、観光客の姿が見えはじめた。近くの教会から、五時を告げる鐘の音も聞えてきた。また、私は、約束があるのを思い出した。彼も、他の陳列品は見たから、館を出るといった。

美術館の外へ出た私たちは、エセドラの噴水のある広場までのほんの少しの道を、一緒に歩いていった。広場は、先刻までの静けさとはうって変って、行き交う人と車の群れでごったがえしている。そこには、いつものローマの顔があった。

私たち二人は、そこで別れることにした。互いに、名も住所も告げなかった。二人とも、行きずりの出会いはそのままで終った方がよい、と思っていたのかもしれない。私は、良いお旅を、などといい、彼もまた、楽しい留学生活を、などと、互いに不充分な翻訳調のあいさつを交わした。そして彼は、すべてのものを金色に変える夏の午後の陽光の中を、水しぶきを上げる噴水のそばを通って、ナツィオナーレ通りの方角へと去っていった。瘦《や》せた彼の後ろ姿は、午睡を終って活気に満ちた人と車の群れの中に、すぐに消えた。

それから五年が過ぎた一昨年の夏、歴史読物を書きはじめていた私は、その一カ月前に出版した第一作のことで、いくつかの新聞からインタヴューを受けた。そして、その中の一人の記者は、私にこう質問した。

「あなたは、どんな読者を想定して書かれますか」

私は思わず、カイロから来た男のような人、と答えそうになり、あわてて口をつぐんだ。私がそう答えなかったのは、この激動の七〇年代を生きぬく若者のためにとか、女性の復権のためにとか、こんな時に人のよくいうかっこよいことをいえないい自分が恥ずかしかったからではない。メモ帳を片手に、いかにもジャーナリストらしい頭の回転のよさそうな顔をして、眼の前に坐《すわ》っている若い記者に、私のいいたいことが理解してもらえるだろうかという、秘《ひそ》かな危惧《きぐ》のためであった。記者は、私の沈黙を、新人だからまだ答えられないのだろうと判断したらしい。彼は、別に気にもとめずに、つぎの質問に移っていった。

骸骨寺

イタリアでは、幽霊が出るという話を聞かない。いつか、スコットランドの城の歴史を書いた本を読んでいた時、イタリアの幽霊記とでもいうのを書いてみたいと思い、少し調べてみたが、結果は絶望的だった。少々のいたずらをする小悪魔はたくさんいるのだが、恨みをもって成仏《じようぶつ》（キリスト教世界では何というのだろうか）できない亡霊を見つけることはまったくむずかしい。空気が乾いているためなのか。それとも、人間が陽気で、現実的な性格のためなのか。ここイタリアでは、骨さえも、振ると鈴のような音をたてそうな気がする。

高級ホテルや屋外のカフェが道の両側に立ち並び、にぎやかに人々の行き交うヴェネト通りを、ローマを一度でも訪れた人で知らない人はいないだろう。フェリーニの映画『甘い生活』がここを舞台としてから、ローマの甘い生活の中心のように思われ、観光客が押し寄せて来たために、ほんとうの甘い生活は、他の場所に避難せざるをえなかった、という笑い話があるくらいだが、あいかわらず、流行の服に身をかためた人々でにぎわっている。

このヴェネト通りの端に、これから書く骸骨寺《がいこつ》はある。一度もその前に観光バスが止っているのを見たことがないから、普通の観光コースには入っていないのであろう。見学者も、それほど多くはない。誰だって、ローマくんだりまで来て、骸骨を見るよりも生きた美男美女の群れを見たいと思うのは当然である。だから、この小文は、へそまがりの人のために書く。そして、イタリアには幽霊が出ないといってがっかりしていた人のためにも。

壁にCimiteroと書いて矢印があるから、その方向に階段を登れば、もうそこが墓所の入口だ。入口では観光客用に絵葉書を売っていて、二人の修道士が、売り子と墓所の番人をかねて坐っている。いずれも、茶色の修道衣に腰に麻縄《あさなわ》をしめただけ、そして素足に革のサンダルという、フランチェスコ宗派独得の修道衣姿をしている。

石段を二、三段降りると、そこが墓所だ。細長い石の廊下が続いていて、その左側に、五つの石窟《せっくつ》が並んでいる。光線は、廊下の右側に切られた小さな窓から入ってくるだけなので、それをおぎなうために、石窟のところどころに、骨で作られた燭台《しょくだい》が置かれている。ここに入ってまず鼻をつくのが、おびただしい量の乾いた人骨の匂《にお》いだ。

第一の石窟は、他の寺の墓所に見られるような簡単な祭壇が置かれていて、ごくありきたりの礼拝堂になっている。

第二の石窟から、骨の芸術がはじまる。六坪ほどの広さはあろうか。天井は低く、アーチ形になっている。石窟の左右の壁には、頭蓋骨《ずがいこつ》と大腿骨《だいたいこつ》をたきぎのようにつみ重ねて作った低いアーチがあり、その中に、茶色の修道衣を着けた人骨が一体ずつ横たわっている。正面の壁は、骨盤と、解剖学には無知な私には人体のどの部分の骨なのか見当もつかないが、大小の骨で巧妙に飾られていて、その右と左の細長い骨のアーチの中には、これも修道衣姿の骸骨が一体ずつ立っている。天井の壁は、まるで西洋式庭園のように、左右対称の装飾がほどこされ、それはすべて、小さな骨でできている。床は石造りだ。そのあちこちに、ラテン文字をきざんだ大理石の墓碑がはめ込まれている。修道衣を着けて立つ骸骨は、おそらく針金か何かで、そのすべての骨がくくりつけられているのであろう。中に、フランチェスコ宗派特有の茶色の頭巾《ずきん》におおわれている頭部が、がくりと前に傾いているのがある。横たわっているのも立っているのも、茶色の修道衣姿の骸骨は、すべてがその両手で、十字架をいだくようにしている。

第三の石窟へと足を進める。ここの床は、黒い土で埋められていて、そこには、共同墓地のように、十字架が列をなして並んでいる。墓である。石窟の左右の壁には、頭蓋骨と大腿骨でできたアーチが四つずつある。その厚味は、ちょうど大腿骨の長さに相当する。この細長いアーチの中には、それぞれ一体ずつ、修道衣を着けた骸骨が十字架をいだいて立っている。右側のいちばん手前の骸骨は、骸骨というよりミイラらしい。おそらく、骨になるのを待たずに、死体をそのまま並べたものと思う。この石窟では、正面の壁いっぱいに、骨をつみ重ねて作った大きな祭壇ができている。アーチ形ではなく、三角形、すなわち木造家屋の屋根の形だ。その祭壇の中央には、骨の両腕を組み合せた飾りがある。これには何か、神学的な意味があるのであろう。ここの石窟の天井も、第二の石窟のと同じく、左右対称の模様が骨でもって飾られているが、図柄《ずがら》は少し違っていて、骨盤のような大きな骨を主材としているためか、ひどく派手な図柄だ。

第四の石窟へ来る。左右の壁は、第二の石窟で見たのと同じような骨製のアーチがあり、その中には一体ずつ、修道衣姿の骸骨が横たわっている。ただ、正面の壁は、そのほとんど全面が骨盤をつみ重ねて飾られていて、その前に三体の骸骨が、修道衣姿に十字架をいだいて立っている。天井の壁は、まるで星座を見るようだ。大小の骨が、秩序正しく整然と模様を作っている。

第五の石窟へ来てまず目に入ってくるのは、正面の壁面全体を埋めたおびただしい数の頭蓋骨であろう。しかし、ただ単純に頭蓋骨を壁面に並べてあるのではない。それらは、ちょうど仏像の光背の役目をするように、三つの部分に分れて微妙にくぼみを作っている。そしてそのくぼみには、修道衣姿の骸骨が、それぞれ一体ずつ、背後の多くの頭蓋骨に守られるようにして立っている。左右の壁には、第二、第四の石窟と同じような、頭蓋骨と大腿骨で作られたアーチがひとつずつあり、同じように修道衣姿の骸骨が横たわっている。この石窟の天井の壁面は、ほとんど豪華といってもよいほどの見事な天井画だ。大小さまざまな骨を、これほど巧妙に使いこなすとは、よほどすばらしい下絵が、前もって作られていたにちがいない。

そして、これらの石窟をつなぐ廊下も、その天井は骨で装飾が一面にほどこされている。ここでは、脊椎《せきつい》と鎖骨の使い方が見事だ。骨を針金でつないで作ったシャンデリアが天井から下り、それには電燈《でんとう》がつけられていて、ちゃんと役目を果している。われわれの知っている水晶やガラス製のシャンデリアの場合、その飾りとしてつけられている水晶やガラスの棒は、ここでは人間の指の骨でできている。水晶やガラスは光を反射するが、骨は光を反射しないというのが、この骨製シャンデリアの唯一《ゆいいつ》の欠点といえよう。でも、風が吹くと、同じようにカラカラと音をたてる。水晶やガラスよりも、その音は乾いている。

「修道士《フラ》X、そこの頭蓋骨をひとつ、こっちに投げてくださらんかね」

「いいですとも、修道士《フラ》Y、わたしの方では骨盤が三つばかり足りないんだが、そこら辺にまだ使わないのが残っていませんか」

「こちらにありますよ」

「いやありがとう。修道士《フラ》Z、それはそうと、あなたの係りの石窟の作業は進んでますか」

「それがどうも、大腿骨の数が足りませんでな。また、墓を掘りかえして骨を集めないと、いつまでたってもできあがりそうもないんですよ。四千人の骨なんて、その数はたかが知れてますな」

以上の会話は、私の想像であって事実ではない。しかし、今から約二百年前、修道士たちは、おそらくこんな風に陽気に無邪気に、自分たちの作業の正しさを信じ切って、人骨で見事に飾られているこの墓所を作っていたのではないだろうか。そうでも思わなければ自分たちの同僚であった修道士四千人の骨をバラバラにして、それを材料に、墓所全体を飾り立てた彼らの神経が理解できない。アウシュヴィッツの捕虜収容所では、殺された大量のユダヤ人の毛髪で毛布が織られたと聞く。だが、こちらの方は捕虜の骨ではない。信心深い一生を僧院で送った修道士たちの骨を、同じキリスト教徒であり、しかも同じ宗派の修道士たちが使ったのだ。神に仕える聖職者とは、こうも徹底して無邪気になれるものなのか。

フランチェスコ宗派の創立者は、十二世紀に生れた聖フランチェスコである。アッシジの僧院には、ジョットー描く「小鳥に説教する聖フランチェスコ」という壁画が残っているが、創始者の無邪気と、六世紀後の十八世紀に、この骸骨寺を作った後継者たちの無邪気を考えあわせると興味深い。狂信から生れた無邪気さほど、怖《おそ》ろしいものはないからだ。小鳥にむかって説教している間は、まだ無害だが。

ローマを訪れて、キリスト教の総本山であるヴァティカン公国を見学し、広大な聖《サン》ピエトロ大寺院の豪華さを嘆賞することも大切だ。しかし、もし少しの余分な時間があったら、この『記念すべき修道士たちの墓所』を一見することをお薦めする。この墓所を見た人は、〝愛の宗教〟であるはずのキリスト教の、もうひとつの顔を知るであろう。そして、キリスト教と深くつながり、ヨーロッパ人の専売のように思われてきた、いわゆるヒューマニズムというものが、どんな程度のものかも理解できるはずである。

法王庁の抜け穴

ローマの法王庁には、抜け穴が無数にある。

とはいっても、いわゆる抜け穴はひとつしかない。法王宮からエレベーターで降り、カステル・サンタンジェロ要塞《ようさい》に通じる城壁の中の道を通り、その一カ所から青天の下に出る穴だ。ここからだと、スイス傭兵《ようへい》の警備している門を通らないで、誰にも見られずに外に出ることができる。

だが、ここで私が書きたいのは、この抜け穴についてではない。精神的抜け穴とでも、まあ呼んでおこう。

＊　　＊

一九四九年六月二十八日、イタリア中の教会の扉《とびら》に、次の布告が張り出された。

『聖　告』

次の者は、大罪を犯した者で、救いを得ることはできない。

(一) 共産党に加入している者。
(二) いかなる方法によっても、共産党加入を勧誘した者。
(三) 共産党、または共産党の候補者に投票した者。
(四) 共産党系の新聞、雑誌等に書いたり、それらを読んだり、売ったりした者。
(五) 共産党系の組織であるCGIL、UDI、API(労働組合やイタリア婦人会)などに加入している者。

次の者は、背教者として、破門の処置を受ける。
物質主義的、反キリスト教的、無神論的教理である共産主義を、主張したり、弁護したり、宣伝したりした者。

以上の条項は、共産主義と何らかの点で同じ立場をとる、他の政党にも適応される。

〈参照〉

ざんげの場で、これらの罪を告白しない者は、瀆聖《とくせい》の罪を犯したことになるが、真心から罪を認め悔む者、また、この偽りの立場を捨てる者は、罪を許され救いを得られる。

神は、信仰と教会の統一を護《まも》るために、信仰深き者すべてに対し、開眼し、そのふところに戻ってくるよう求めておられる。今日、キリスト教者の永遠の救いは、危機に瀕《ひん》している。

この『聖告』から一十年も過ぎないある日、コスイギンがヴァティカンを訪問し、法王パウロ六世と贈り物を交換した。

昨年の二月末、ヴァティカン公国国務次官カザローリ司教は、法王特使を任ぜられ、モスクワへ向った。

＊　＊

そして四月、ユーゴのチトーも、法王との謁見《えっけん》に際し、黒いジレー附きの夜会服にシルクハットという第一礼装で、法王庁の衛兵の迎えを受けて中へはいった。この服装は、ニクソンも着用しなかったものである。

一九四九年の『聖告』は、ピオ十二世の後のジョバンニ二十三世、そして、現法王パウロ六世と、法王は代っても、別に撤回されたわけではない。そして、破門を受けた者と話したりすると、これまた大罪になり、永遠の救いはおろか、地獄行きさえもまぬがれないのである。

私は、キリスト教徒でもないし、共産主義者でもない。ただ、ルネサンス時代の法王たちを書いているものだから、当然、現代の法王庁の動きも観察する気になったわけだ。

ルネサンス時代の法王庁も、宗教改革という大波をかぶって、いまにも沈没しそうだったが、現代の法王庁も、外からは共産主義、内では、離婚法、僧の結婚についてとか、なかなかめんどうな問題をかかえている。

しかし、これどころではなかった百年前には、ガリバルディ派の軍に征《せ》められた末、ついにヴァティカンに白旗がかかげられたことがあり、おかげで法王庁は領土を失い、ローマは、新イタリア王国の首都にされ、クィリナーレ宮を追い出された法王に代って、宮殿には王様が住むという事態まで起っているのだ。

だが、ローマ首都百年祭を祝った一昨年、ある雑誌に、こんな見出しが出ていた。

〝王は死んだ。しかし、法王は生きている〟

第二次大戦後イタリアは、共和国となっている。法王に勝った王様の子孫は、八十年も過ぎないうちに、ポルトガルに亡命しなければならなかった。

私には、いつの時代にも生き残るであろう、この黒服の群れ、抜け穴づくりの名人たちから、目をそらすことができない。法王庁などはスイスへでも行けと書いたマキアヴェッリを、また、死ぬまえに見てみたい三つのうちのひとつとして、政治に口出す坊主《ぼうず》どもの破滅と書いたグイッチャルディーニを、頭でなく心でわかるためにも。

皇帝いぬまにネズミはびこる

この夏、ローマは、ネズミと蚊の襲来にひどく悩まされた。あちこちＤＤＴを撒《ま》いてはみたが、いっこうに効果はない。ローマ市議会は、夏休みを返上してまで、連日、この野蛮《バルバ》な敵対策《ーリ》を討議したが、妙案は浮んでこない。ついに、一人の議員がいった。

「やはり、下水道の徹底的な掃除をしなければならないのではないか」

他の議員たちも、ウーン、そうだなあ、と考えている。

では、最後に下水道の大掃除をしたのはいつか、ということになった。調べてみると、なんと、皇帝がいなくなって以来、すなわち古代ローマ帝国が崩壊して以来、下水道の掃除はやったことがないというのである。それも、帝国が崩壊に進みはじめてからは、歴代皇帝も、下水道などかまってはいられなかったらしい。その前もしばしば掃除はしたが、徹底的な大掃除となると、初代皇帝アウグストゥスの治世時代にやっただけなのだそうだ。

ローマ市議会は、ワイワイとにぎやかに討議だけはしたが、その後、ローマの下水道の大掃除をはじめたという話をきかないから、ウヤムヤになってしまったのであろう。どうせ二千年間も掃除しなかったのだから、ここ二、三年やらなくても、自分たちの不名誉にはならない、と思ったのかもしれない。

ローマの町中を歩いていると、よく、S・P・Q・Rと書いた、ポスターが壁に張ってあるのを見るであろう。ローマ市の告示である。他の町では、フィレンツェでもミラノでも、せいぜいがところ、告示（Avviso）か、市民諸君（Cittadini）とはじまるのだが、ローマだけは違う。S・P・Q・R、ラテン語で、ローマ元老院並びに市民！　とくるのだ。これだけは、二千年前と同じである。

だが、セナートゥス・ポポルス・クエ・ロマーヌスなんてやられると、まるで、ブルータスに暗殺されたシーザーの遺骸《いがい》を前に演説する、アントニウスの荘重な言葉を聴かされているような感じがするが、告示の主文はと見れば、ゴミはゴミ捨場に捨てましょう、なんて書いてあるから笑わせられる。

ローマっ子は、だが、S・P・Q・Rを、ローマ元老院並びに市民！（Senatus Populus Que Romanus）なんては読まない。Sono Porci Questi Romani すなわち、ローマ市民は豚である！　と読むのである。下水道の大掃除さえできないわが身を、よく知っているではないか。ローマっ子の口の悪さ、というか現実直視の鋭さを話したついでに、もうひとつ例をあげよう。

ローマの町中では、赤い帽子をかぶった枢機卿《すうきけい》などの高位聖職者の、栄養のとりすぎではちきれそうに肥《ふと》った身体が、後部座席にふんぞりかえっている、黒光りする高級車が通り過ぎるのをよく見かけるが、それらの車はヴァティカン公国のもので、S・C・Vとナンバー・プレートに示してある。S・C・Vとは、もちろんStato della Città del Vaticano（ヴァティカン公国）という意味だが、ローマっ子は、そうは読まない。Se Cristo Vedesse すなわち、もし、キリストが見たならば、と読むのである。民衆《ポポロ》の声も、馬鹿《ばか》にけならない。

さて、下水道を二千年もの間掃除しなかったということは、二千年前と同じものを現代でも使っているということだが、まさにその通りで、ローマでは、下水道の他に、テヴェレ河にかかる橋も、高速道路以外の街道《かいどう》も、祖先の作ったものを使わせてもらっている。それはなにも、ローマ帝国崩壊後のローマ人が、新しく作るのを怠けていたというだけではなく、未《いま》だにちゃんと用を足すのだから、作る必要もなかったのだ。

下水道にかぎっていえば、〝ローマ元老院並びに市民たち〟の作ったものは、十九世紀のパリの下水道よりも、ずっと優れていたという事実が、研究によって証明されている。それに、アウグストゥス帝時代のローマ市の人口が九十万余り、ローマ帝国統治領が最大となったトライアヌス帝の時代、西暦後一世紀には百五十万近かったローマ市の人口を突破したのが、千八百年後の、一九四九年になってからだというのだから、下水道施設が使用に耐えられるほど優秀に作られてさえいれば、拡張工事の必要もなかったのである。改革する必要のない時は、改革しないことが必要である、と私は思っているが、掃除ぐらいは、たまにはするべきではないか。

残念なことに、上水道の方は、下水道と違って、延々と連なる橋の上を通して運んでいたから、中世時代に襲来した蛮人によって破壊されてしまい、使いものにはならない。これだけは、〝豚みたいなローマ市民〟も、やむをえず新しいのを作らねばならなかった。だが、ユーゴ・スラヴィアの一地方では、古代ローマ時代の下水道はもちろんのこと、三年前までは上水道まで使っていたのである。

古代ローマ人の技術の優秀さを書き連ねていくとキリがないが、すべての道はローマに通ず、とうたわれたローマ街道だけは、やはりのぞくわけにもいくまい。イタリアのラジオ放送でも、交通情報の番組があるが、そこではよく、こんなことを放送している。
「休日続きのため、高速道路はだいぶ混雑していますから、執政官街道を御使用ください」

執政官街道《ストラーダ・コンソラーレ》というのは、アッピア街道、フラミニア街道、カッシア街道など、ローマに集まる十六余りの街道をいう。それぞれ、アッピウス、フラミニウス、カッシウスら、ローマの執政官だった男たちが作らせた道だ。街道《ヴィア》が女性名詞であるため、その上につく名詞は形容詞型の変化をして、アッピウスの、イタリア語読みではアッピオの街道が、ヴィア・アッピアとなるのである。ケネディ空港などのように、名声ある誰かを記念してというのでなく、それを作った人の名を冠《かぶ》せているのが、私の気にいっている。アッピウス執政官にいたっては、私財をなげうって着工したのだから。

もちろん現代では、それらをそのまま使っているのではない。古代ローマ時代の舗装は、大きく平たい石を敷きつめたもので、二千年もたってみれば、あちこちデコボコができてくるのはあたりまえだ。とくに執政官街道の多くは、帝政時代に充分な補強をされたにしろ、帝政の前の時代、西暦前の共和政時代の産物だから、道によっては、二千三百年はたっている。現代のイタリア人は、それらの上にアスファルトを敷いただけで使っているのである。少々デコボコはあったにしても、基盤工事がしっかり出来ているから、それを埋めさえすれば、始終修理工事をしている高速道路よりは、よほど手がかからない道路なのだ。道幅も、広げる必要はない。はじめから、どんなに幅のせまいところでも、追い越しを考えた三車線になっているのである。すべての執政官街道を合わせると、全長三十万キロになるこの〝ローマ街道〟に、イタリアだけでなく、ヨーロッパ、中近東、北アフリカの人々が、少しでもやっかいをかけなくなったのは、二十世紀、高速道路が出来てからであった。

もちろん、古代ローマ人は、飛行機も自動車も、電話もテレビも知らなかった。だから、私自身が歴史を趣味にしているからといって、昔が、何もかも良かったというのではない。

だが、日本人は技術革新に熱心な国民だが、それならそれで、古代ローマ文明を、技術面から研究したり書いたりしてくれる人は出ないものかなあと思う。哲学や芸術だけが文化でもあるまい。日本国の発展にも、現代ビジネス戦争勝ち抜き法とかにも役立たないかもしれないが、そういう前進的な仕事を終えた後のひとときの、ちょっとした娯楽にはなると思うのだが。六千キロ足らずの万里の長城は、敵を防ぐという受身的な用途しかなかったが、三十万キロのローマ街道は、最初の目的が軍事面にあったにせよ、二千年後の今日にいたるまで人々の生活に役立つという、積極的な働きを持ち続けているからだ。

それに、その頃《ころ》の日本はといえば、ジンム天皇から数えて六代目、コーアン天皇の時代ですぜ。といっても、現代っ子にはピンとこないだろうが、土器づくりに精出していた頃と思えばいい。

だが、なにも日本人だけが恐縮することはないんで、フランスもドイツも似たような状態だったのである。ケルンの町の名は、植民地という意味のラテン語からきているし、プロヴァンスにいたっては、田舎と、古代ローマ人に呼ばれていた地方が、そのものズバリの言葉を名とし、フランス語風に発音しているだけなのだ。今では、日本人はもちろんのこと、フランス人自身もフランス特産と思いこんでいるマロン・グラッセは、実をいえば、古代ローマ人の発明したものである。

ローマ元老院並びに市民諸君《セナートゥス・ポポルス・クエ・ロマーヌス》は、エンジニアとして有能だっただけではなく、口の方も相当におごっていたものらしい。豚みたいなローマ市民諸君《ソノ・ポルチ・クエスティ・ローマーニ》は、掃除さえもできないくせに大食いである。

永遠の都

花の都パリ、花の都フィレンツェ、と人はよぶ。しかし、永遠の都と形容される都市は、世界中でローマしかない。

「永遠の都」といえば、そのあとに何も続かなくても、ヨーロッパの人ならば誰でも、それがローマを意味することを知っている。では、なぜローマだけが、この名で呼ばれるのであろうか。

私には、ローマが、不滅の娼婦《しょうふ》のように思えてならない。自らは、何ひとつ努力して生産するということを知らない、だがそれでいて、金を出し養ってくれる男に不自由しない美しい娼婦。もうだいぶ年増《としま》女になっているのだが、未だに、将来を思って貯蓄するとか、生活設計を考えることなどに無縁な女。野たれ死にしたってかまわないと思っている、根っから楽天的な女。ローマは、そういう自由な女だけが持つ、永遠に男の心をまどわす魅力をたたえている都だ。

最初のパトロンは、ローマ帝国だった。この史上最大の大帝国の首都が、七つの丘とその間をぬって蛇行《だこう》するテヴェレ河をかかえたローマだった。北はイギリスから南は北アフリカ、西はスペインから東は中近東まで広がった帝国の富が、首都ローマに流れ込んだ。

つぎのパトロンは、ローマ・カトリック教会である。法王庁の置かれたローマには、今度は、ローマ帝国を崩壊させたキリスト教徒の献金が、流れ込むことになった。ローマは、最初のパトロンの死後、まもなくつぎのパトロンに恵まれたことになる。このパトロンは相当に長生きし、彼女の望むままに、彼女にぜいたくをさせてくれた。彼女は、最初のパトロンの時代、大理石の円柱や彫刻で着飾っていたのが、このつぎのパトロンは、彼女を、ルネサンス時代最高の絵画や建築で包んでくれたものだ。

ところが今から百年前の一八七〇年、ヴェネツィアやフィレンツェなどの小国に分れていたイタリアが統一された。小国分立時代に法王庁領土を持っていたカトリック教会も、これでローマを中心とする領土を失い、ヴァティカン公国内にこもってしまうことになった。パトロンなど、もはやしてはいられない時代である。

しかし、ローマは、またも男に不自由しなかった。統一後のイタリアが、首都をローマに決めたからである。もちろん、古代ローマ帝国、ローマ・カトリック教会という二人のパトロンに比べれば、イタリアは、パトロン顔などできないほどの貧乏な国だったが、それでも、ぜいたくさえいわなければ、生きていくのに困るわけではない。それに、しばらくして、観光客という、団体客のパトロンもついた。これもまた、彼女を着飾らせてくれる能力もない庶民階級なのだが、彼女が、前の二人のパトロンが与えてくれた衣装を見せてやるだけで、この団体客は満足し、少しながらも金を落してくれる。こんな風にして、ローマは、二千年の間、老残の身を野たれ死にすることなく、生き続けてきたのである。

常に男に愛され、ぜいたくの極を味わった女に似て、彼女は、後から来た若い女たち、パリやロンドンという名の女たちがもてはやされても、別に悲しむ様子もない。男の関心をひこうと、文化の中心はこちらと、宣伝にやっきになることもない。だが、そういう魅力にひかれたのか、ゲーテやスタンダールのような、男の中の男といってもよいような男たちが熱心に宣伝してくれたので、団体客獲得には、未だに困らないのである。

だが、ローマは、現代のいわゆる知識人と称する人々には馬鹿《ばか》にされている。パリやロンドンのように、ウインドウを一見するだけで時代の先端をいく思想がわかるという書店や、前衛劇を競演する劇場がのきをつらねていたりするような、知的活気がないと、彼らはローマを、ヨーロッパの田舎だというのである。こういう思想的都会人には、ローマは向いていないのだが、まあ、人にはそれぞれの考えがあるのだから、いたしかたあるまい。

重ねていうが、ローマは、インテリには不向きな都だ。この街の魅力をわかるには、田舎者の持つ、素朴《そぼく》な情熱と好奇心が必要なのである。

ここで、二人の田舎者を紹介しよう。ゲーテとフェリーニという、有名な二人の田舎者を。

ゲーテは、三十七歳の時、イタリアへの憧《あこが》れが爆発しそうになり、ワイマール公国の宰相の地位を捨て、恋人も忘れるようにしてイタリアを訪れた。彼は、北イタリアを少し旅した後、憧れの地ローマへ向う。十一月一日の万聖節の日にローマへ入ろうと思っていた彼は、途中のフィレンツェなど素通りし、一路、ローマへと馬車を駆けさせた。

急いだためにローマの北の城門に、彼は万聖節の何日か前に着いてしまった。普通なら、このままローマへ入るところであろう。しかし彼は、万聖節の祭列のねり歩くローマへ、自分の第一歩をしるしたいという願望に忠実に、城門の前の宿屋で、十一月一日になるまで待ったのである。何という純情さであろう。『若きウェルテルの悩み』の成功で、作家としても国際的に有名になっていた、しかももはや青年とはいえない三十七歳の男である。ローマ滞在中の日誌に、彼は精神を高揚させるこれらの素晴らしいものにかこまれているというのは、何という幸せであろうか、などと、まことに少年じみた感想を、恥ずかし気もなく吐露している。

ゲーテの芸術は、このイタリア旅行を境にして、完全に変った。ローマは、田舎者の心情をもってふところにとびこんできたこの男に、彼女の魅力を充分に味わわせたものとみえる。

現代の芸術家の中で、映画監督フェデリコ・フェリーニほど、ローマという不可思議な魅力を持つ女に魅せられた男もいないであろう。『甘い生活』の頃からはじまった彼とローマの抱擁は、今まさに、『ローマ』というそのものずばりの題名の映画を作るところまできている。

いつか、彼はこういった。

「ぼくは地方出身だ。だから、地方出身者の目でローマを見る」

フェリーニは、北イタリアのアドリア海沿岸の小都市リミニの生れである。二十代の前半、ローマに出てきた。

しかし、フェリーニは、ドイツ人のゲーテのように、外国人ではない。いかに地方出身でも、あくまでもイタリア人である。だから、長年ローマに住んでいると、つい、地方出身であることを忘れ、根っからのローマっ子のような気になる。すなわち、田舎者の心情を失う危険を、一時期の滞在者である外国人よりは多く持っている、ことになる。彼は、それを怖《おそ》れた。今、フェリーニは、ローマの町中に住んではいない。ローマから少し離れた、フレジエーネという小さな海岸の町に住んでいる。

何回もいうようだが、ローマは、いわゆるインテリには向いていない。自らの本質を充分にふまえて、そのうえで自分はいったい何が欲しいのかということを知っている人の情熱には応じてくれるが、時代の先端を行くことや、前衛前衛とばかりに気を使っている人には、そっぽを向いて知らん顔をしているほど、何も与えてくれない。

しかし、真の前衛とは何であろうか。

フェリーニは、現代芸術の先端をいっているし、ゲーテだって、当時の前衛であった。彼ら二人とも、同時代の人々に、限りない影響を与えた点では共通している。

すなわち、真の前衛とは、古人とひざつきあわせて対話することを馬鹿にせず、それを怖れない田舎者的心情の持ち主によって、創造されるものではないであろうか。これらの勇気ある人々は、自らの欲するものが充分にわかっているので、時代の前衛とはこれですと、まるでカタログを目の前に広げられるようなことを必要としない。彼らは、素朴な心で過去にとび込み、その中で欲しいものだけつかみ取り、外に出てくるのだ。外に出てきた時、真の創作が開始される。真の前衛が、創《つく》られはじめる。

こんな例もある。

ある日本の男が、東京の改造を考えた。彼は、世界中の都市をまわった後、ローマへ来た。そこではじめて彼は、完成されない都市計画というのを考えぬいたのである。これまでのすべての都市計画が、図面の上で完成され、いざ実現して人間を入れてみると、見る影もなく機能が死んでしまうこと、それを避けるには、主要部分だけは計画された都市を、住む人間によって少しずつ完成にもっていかねばならない、これが彼の考えだった。

日本に帰った彼の発表した論文の中には、ローマという字は、どこにも出ていなかった。しかし、一晩中ローマの街を彼とともに歩きまわった私は、彼のこの考えが、ローマの街づくりを見てから生れたのだということを知っている。彼の計画が実現されるかどうかは、もはや政治上の問題である。しかし、ローマにはまだ、永遠の都とよばれる資格があるといえないであろうか。

ローマ ROMA を反対から読むと AMOR となる。AMOR《アモール》とはラテン語で愛のことだ。

M伯爵

M伯爵《はくしゃく》が盲だということは、まだ会わない前からすでにわかっていたことだった。この家を借りる時に、伯爵夫人がごく自然な口調で、夫は盲だといったからである。この春から私は、窓からトスカーナ地方特有の糸杉の向うに、ピッティ宮殿の左側面が見わたせる、静かなこの家を夫人から借りて住んでいる。

ここに住みだしてから、一カ月は過ぎた頃だろうか。私は、伯爵夫人から、夕食後に話をしに来ないかとの招きを受けた。

その夜、約束の時刻の九時に十分ほど遅れて、私はM伯爵家の扉《とびら》のベルを押した。訪問といっても簡単だ。私の家の扉を閉めて、すぐ左手の扉のベルを押せばよい。この建物の四階(日本流では五階)には、私の家と、家主のM伯爵の家しかないのだから。それなのに約束の時刻に遅れたのは、日本を発《た》ってはじめて着物を着たので、帯じめの金具を日本に置き忘れてきたのを、何とこの時になって気づき、やむをえず金具なしで帯をしめたので、それに手間どってしまったからである。さっそく、東京の母に至急送ってくれるよう頼まねばならない。こんな風だから、どうも帯の結び上りに自信がもてなかったので、道行《みちゆき》をはおっていくことにした。

ベルを押して一分もたたないうちに扉を開けたのは、私の予想に反して、M伯爵その人だった。盲なのだから、召使か、でなければ夫人が出てくると思っていたのである。イタリア人にしては長身の身体を、ブルーのセーターに包んだ伯爵は、そこに立ったまま手をさし出し、ごく簡単な初対面のあいさつが、私たちの間で交わされた後、いった。

「さあ、二階へ」

玄関から、階段が二階へ通じていた。四階の半分は私の借りている家だが、あとの半分と五階全部が、成長した息子四人が家を出ていったあとの伯爵夫妻の住まいとなっている。私たちが階段を登りはじめた時、夫人が、階段の上から顔をのぞかせた。ヴェネツィア地方出身の夫人は、あのあたりの女特有のやわらかい陽気な声で、あいさつを浴びせかける。ローマ以南の女たちの、刺すような激しい口調とは、まったく正反対の感じだ。

階段を登りきったところは、広いサロンになっていた。私が、そこの長椅子《ながいす》に腰をおろすかおろさないかという時、夫人に向って問いかける伯爵の声が私を驚かせた。

「さあ、描写してくれるね。シニョリーナは、今夜どんな服装をして来られたかを」

これに答えて、こういうことには慣れているらしい夫人の声がひびきはじめた。

私は、その夜、略式の訪問だからと、矢絣《やがすり》の小紋、黒地に赤の蠟《ろう》染めの帯、それに矢絣の紫と同色の道行を着ていたのだ。洋服の描写には慣れていても、着物にはやはりなじみが薄いらしく、夫人の説明は、終始困惑気味の笑い声で中断された。しかし伯爵は、そのたびにもっとくわしく説明を求め、自分の感想をおしはさんだ。

「紫はどんな明度のもの？」

「ああ、そういう色合いの紫は西洋にはない。もしかしたら、教会の喪の色に最も近いものかもしれない」

「シニョリーナ・シオノ、あなたは紫がお好きらしいですね」

こういう風な言葉による描写は、髪型にまで及んだ。その夜の私は、長い髪をスペイン風にまとめていたのだ。外国人だからまさかわかるまいとは思いながらも、どうにも帯の結び具合が気になっていた私は、帯がなるべく見えないように、長椅子にななめに腰をかけながら、この型破りの会話が、私にとって少しも不快でないのに驚いていた。それに、どうやら伯爵は、生れながらの盲人ではない。

この私の想像は、会話が進んでいくうちに、ほとんど確信に変っていた。生れながらの盲人にしては、伯爵はあまりにも色彩に敏感だった。そのうえ、読書の量がかなり多いことも、話していてすぐにわかった。椅子に深く腰をかけ、葉巻をくゆらせながら、彼は、快活にしゃべった。深い、しかしよくとおる声は実に若々しく、その長身でひきしまった中肉の身体からも、どう見ても四十五歳以上とは考えられない。ただし成長した息子が四人もいるのだ。

五十五歳は越えているにちがいなかった。話す時、顔をこちらに向けながらも、視線がともなわないのに気づかなければ、誰も、彼を、盲人と思う者はいないであろう。

盲人らしくしないということは、伯爵自身の考えでもあるらしかった。飲物をすすめる時も、召使を呼ぶでもない。自分で立っていって、本棚《ほんだな》を開けると、そこにある小さなバーで、用意しようとしたのだ。妻のほうも、あわてて夫を助ける風でもなかった。しかし結局は、ゆっくりと立ち上った夫人が、もうほとんど用意のできたグラスに氷を入れて、それを私に渡してはくれたが。

私たちの間の会話は、愉快な雰囲気《ふんいき》のうちに進んだ。話題も、日本風の坐《すわ》り方から、最近新聞にのった日本人に関する論説の批評、さらに、神と人間との問題という風に、やさしいものやむずかしいテーマが混じりはしたが、初対面でもあり、それほどどっこんだ会話がかわされたわけではない。

しかし、伯爵は、見事に正確なイタリア語を話した。普通のイタリア人は、標準語を話していても、どこかそれぞれの出身地のアクセントが感じられ、どの地方の生れかということがすぐにわかるのだ。大臣でさえもその演説を聞いていると、方言のアクセントがぬけない人がいる。それは、イタリアという国が、歴史的にも各地方固有の文化が発達していて、国の統一が百年ほど前にされたとはいっても、日本と比べてみると、ずっと地方化の傾向が強いことからくるのである。そういう国では、伯爵のように、実に正確な標準語を話せるということは、よほどの本格的な教育を受けたことの証明でもあるのだ。

夜半近くなった頃《ころ》、ようやく私は、伯爵が十二年前に失明したことを知った。何のためにかは知らない。ただ、それまでは画家であったのを、失明後は彫刻家に転向したのだという。伯爵は静かに、しかし快活に話しつづける。

「盲の身で肖像彫刻を作ろうというのだから、やはりむずかしいことです。まずさわらせてもらう。その間にも、相手をよく理解するために話をする。それを何度かくり返しているうちに、相手の顔がはっきりと眼前に見えてくる。それから作りはじめるのです」

毎日、近くのアトリエへ通って仕事をするのだそうだ。サロンの中にも、夫人の胸像がひとつ置かれてあった。私の家には、失明前に描《か》いた絵が、六点ほどかけられている。落着いた色の、いずれも具象画風の風景画である。

つぎの日の昼近く、外出しようとして門を開けた時、石畳の坂道をこちらに向って下ってくる伯爵の姿が見えた。伯爵は、普通の盲人のように、盲導犬の首輪近くをしっかりと押えて犬に導かれてくるのではなく、首輪から長くひいた綱を手にもって、悠然《ゆうぜん》と歩いてくる。杖《つえ》も、盲人用の白く塗られたものではない。黒いきゃしゃで美しいその杖は、そばの壁にふれて確かめる役目をするでもなく、時折、軽く石畳をたたくだけだ。ベージュ色のコーデュロイの背広に白いセーター、胸ポケットから空色のハンカチーフをのぞかせた伯爵は、犬をつれて、ほとんど普通の人よりも堂々とした姿勢を保ちながら、離れたところに立ち止って見守っている私の前を過ぎ、門の中に入っていった。

一週間後、私は年来の友人からの手紙を受けとった。

「手紙をありがとう。M伯爵とは古い仲なので、あまりにも彼のすべてに慣れてしまい、あなたからの手紙を読んで、あらためて、彼について考えはじめたほどです。あなたは、彼の自尊心の強さとその快活な生き方に驚き感心するとともに、それをささえているのは何だろうか、という。たしかにあなたのいうように、伯爵であることなど、第二次大戦後は共和国となったイタリアでは、何の価値もない。ましてここフィレンツェには、旧伯爵など山ほどいるのです。しかし人は、今でも外交的に伯爵と呼びはしますが。では金か。しかし彼は、それほどの金持ではありません。働かなくても生活に困るほどでないにしても。

そういう彼に残された道は、精神的貴族であろうとすることだけでした。高き教養と超然たる生活態度を維持することによって、他の人々との距離を保とうとしたのです。十二年前、すなわち彼が四十五歳の時に失明してから、この傾向は一層強くなったようでした。画を描いていた者にとって、失明は相当な痛手です。そこから立ち直る道を、彼は、従来の彼の生き方をより強めることに見出《みいだ》したのです。彼は、人一倍のおしゃれであり、普通人と同じように新聞雑誌を読み、読書し、映画まで見るのです。もちろん、夫人の助けを借りてのことですが。そういう彼にとって、盲人用の白い杖など、たとえ自動車にひき殺されたとしても、手にする気にはなれなかったでしょう」

今日も、夕食用のブドウ酒の銘柄《めいがら》を召使に指令している、伯爵の誇り高い声が、開いた窓を通してきこえてくる。

仕立て屋プッチ

イタリアのモード界で高名なわがエミリオ・プッチ氏を、仕立て屋と呼ぶのは、別に皮肉な意味ではない。日本でならデザイナーというのだろうが、イタリアでは、ディセニヤトーレ（デザイナー）は、サルト（仕立て屋）の下で働いていて、サルトのアイデアをデッサンするだけの、いわば下働きのことだから、仕立て屋と呼ぶ方が正しいと思う。野上素一氏の『伊日《いにち》辞典』にも、こう訳してあった。

さて、私とプッチの出会いだが、正確には覚えていないが、おそらく十年も前のことではないかと思う。その頃、どういうわけか私に、あるデパートからファッション・ショウの招待状がとどいた。そこで、はじめて彼の作品に接し、正直いってショックを受けたほど、その素晴らしさに驚嘆させられた。色彩が素晴らしかった。日本伝統のキモノでは少しも不思議でない色彩の配合、例えば紫と空色、紫と緑の配合を、私たちは洋服を着るとなると忘れてしまい、中途半端《はんぱ》な色で満足してしまう。そんな感覚に、平手打ちを食ったような気がした。ショウの後にあいさつに出てきたプッチを、私は、まるで色彩の魔術師を見るような思いで眺《なが》めたことを、今でも忘れない。見事な仕立ての暗色のダブルに、その痩身《そうしん》を包んだ五十年配のこの紳士は、けっして美男ではない。どちらかといえば醜い容貌《ようぼう》なのに、それが鋭く強い個性に裏打ちされて、一種の魅力を全身からただよわせるタイプの男だ。私は、この色彩の魔術師が、いかにもそれにふさわしい容姿をしているのに満足したものだった。危険だとわかっていても引き寄せられてしまう魅力。そんなメフィストフェレス的な魅力は、当時、イタリアのルネリンスの歴史を勉強していた私の、イタリアという国が与えていた印象でもあったのである。

それから数年してイタリアに留学した私は、何度か、彼のショウを見る機会に恵まれた。最初の時のような強烈な印象は受けなかったが、それは私が、イタリアという国に慣れはじめていたからであろう。しかし、あいかわらず色彩は美しかった。そのうえ、彼の作品には遊びの気分があるのが、私の新しい発見だった。ショウの後、讃辞《さんじ》をのべに集まる顧客やモード記者に、腰を低くして礼をいうでもなく、優雅に品位を保って接しているプッチの、あいかわらずの暗色のダブルの背広姿が、他の女性的なデザイナーたちとは違って、さわやかな感じを与えたものだ。

しかし、ここまでの話なら、私は別に、エセーの主人公にしてみようというほどの、興味を示さなかったにちがいない。彼が侯爵だといわれても、何も特別には感じなかった。

ところが、今年の春も終ろうとする頃である。その頃イタリアは、総選挙の真最中で、毎日どこかで立会い演説会が開かれていた。私は、演説を聴くよりも、そこに集まる聴衆への興味で、各党の演説会を見てまわっていたのだが、自由党の演説会に行った時、壇上に、あの仕立て屋プッチを見出したのである。それは、イタリアへ来て以来見慣れていた、あの優雅な紳士ではなかった。自由党党首が演説しているすぐそばに、腕組みをして厳しい顔つきをくずさないで立っている彼は、歌舞伎《かぶき》の悪役といった堂々とした印象を与えた。それは、共産党やキリスト教民主党の演説会のような、ほんとうに政見を聴きにきている真剣な聴衆と違って、党首が演説しているというのに、あちこちで、おばさまお変りなくなんてあいさつを交わしている、何かサロン風な集まりの中で、彼だけが一人、政治家であるという感じがしたほどだった。私は、プッチが洋服を作るだけではなくて、政治家でもあり、しかもトスカーナ地方の支部長として、なかなかのやり手らしいと知った時、楽しくなった。この男は、二つの顔を持っているらしいと。

しかし、もっと私を楽しくさせてくれたことは、その数日後に起った。フィレンツェでは、夏の初めに、歴史的サッカー試合という年中行事を行う。街を四つの区域に分け、それぞれの区域から選手が出て、中世から続いているサッカーをするのだ。この時、試合場まで、当時の服装をした行列が練り歩く。その行列の通る道筋には、群衆がむらがって、観光客などはパチパチ写真を撮ったりする。

そこでまた、私は仕立て屋プッチを見た。槍隊《やりたい》や銃隊の後ろに、騎兵を従えて、馬上豊かにという言葉通り、白い馬に黒いマント、十六世紀風の帽子には白い羽毛がなびくというかっこうである。騎兵隊は、旧貴族出身、すなわちフィレンツェの旧家出の男たちでできている中で、わがプッチ氏は、歩兵をも含めた全軍の指揮官という役目らしい。彼一人、白馬に乗っているし、身につけている甲冑《かっちゅう》も、ずっと豪華なものである。

しかし、何よりも私の興味をひいたのは、彼と、その他の男たちの態度の差であった。公《こう》爵《しゃく》とか侯爵、伯爵などと紹介されながらも、他の男たちは、いかにも恥ずかし気で、こんなこと早く終ってくれないかとでも思っているように、あらぬ方角に眼《め》をやったまま、ただ馬を進めていく。それなのに、指揮官プッチだけは、沿道の群衆が拍手すれば、白い羽毛つきの帽子を取って優雅にあいさつを返す。それどころかカメラマンには、ちゃんとポーズするではないか。よほどこの方が自然だ。そして、そういう彼一人、さまになっていた。彼は楽しんでいる、と私は思い、こういうことを楽しめるのは、なかなかの人物だと思った。それに、仕立て屋として、自分だけでなくフィレンツェ全体をもうけさせ、さらに政治が好きなこと、そのうえ、人生を楽しんで生きる男、いかにも、ルネサンス時代のフィレンツェ人のようではないかと。私が、彼について書こうと決心したのは、その時である。

二日後、インタヴューを申し込んだ。書く前に、私の受けた印象が正しかったかどうかを知りたいと思ったからである。

話をはじめる前に、私は、モード界でのあなたの業績は、すでに日本にも知られていることだから、それ以外のことについて話をうかがいたい、といった。以下は、一時間ほどの間に私たちの間に交わされた、一問一答である。

問「あなたは、自由党のトスカーナ支部長であるとのことですが、選挙の度に得票数の減る現在の党について、どんなお考えをもっていられるのですか」

答「まことに残念だが、わが党の政策は、大衆との密着を忘れてしまっている。改革の必要があるでしょう」

問「いや、政策というものはそんなに変れるものではありません。問題は、その政策を、いかにして選挙民に納得させ、彼らの持っている票を引き寄せるかという、戦術の問題だと思いますが」

答「もちろん。しかし、それは党の関係者が、積極的に、しかも誠実に説得していく以外にはない」

誠実だけで通用すると信ずるほど、私は楽観的にはできていない。そしてこの答えは、あまりにも選挙民を意識しすぎたものだと思った私は、自分はイタリアの記者でもなく、遠い国の日本人に向って書くのだから、そういう心配は不必要なはず、本心を聞きたいといった。

答「実際は、なかなかやっかいなことが多いのです。自由党の内部は腐敗してしまってい て、私が支部長になった時、原因不明の膨大な借金があり、それを返済するのだけでも大変な仕事でした」

それはよくわかる。万年与党も腐敗するが、長い間政権から離れている万年野党にも、同じような現象が起るのだ。主義主張は反対でも、ちょうど日本の社会党と同じ問題をかかえているのではないかという、私の少し意地悪い質問に、彼は苦笑したまま答えなかった。そのうえ、選挙民は、自分の票が死票に終ることに、いつかはいや気がさしてくるものだ。実際上、イタリアの自由党は、すべての政策決定に、何の力も持っていない。では、このオールド・ミス的印象を固定させてしまった自由党を、いったいどう改革していくつもりかと、私はたずねた。

答「少々、あきらめているというのが本音でしょう。選挙運動も、自分のだけに専念した」

これでは支部長とはいえない。プッチ代議士との話は、これでやめてしまい、歴史行列で見た、侯爵プッチを取り上げ、あなたは楽しんでいられたのかと聞いた。

答「とんでもない。あれは私の義務です」

では、侯爵、すなわち貴族とは感じていられなかったのかと問う。

答「私は、貴族として生れた。そしてあれは、貴族として生れた者の義務です」

イタリアは共和国だ。だから貴族は存在しないはずである。ただし、精神的貴族は認める私だが、その場合、生れとしての貴族などは関係ない。

彼は、政治家でもなく、人生を遊びとして楽しむ貴族的精神の持ち主でもなかった。だが、仕立て屋としては有能だ。そして、今や観光地として生きるしかないフィレンツェには、最もふさわしいタイプの人間なのかもしれない。ここには、もはや大悪人は育たないのであろう。

通夜の客

夏も終ろうとする頃《ころ》、友人の一人が死んだ。友人といっても八十二歳、私とは五十歳も年が違う老人だが、日頃から私は、この老人と、十四世紀の絵の話とか、昨年のブドウ酒のでき具合とか、とりとめもないおしゃべりに午後を過すことが多かった。

有名な外交官だったらしいイギリス人の父と、没落したイタリア貴族の出の母との間に生れた彼は、オックスフォードを卒業して以来、一度もイギリスに帰ったことがなく、その一生を独身のまま、フィレンツェ郊外の父親の残してくれた屋敷に、二人の召使と一人の庭番、それに二頭の犬の、孤独だが静かな生活を楽しんでいたのだった。だがその夜、彼の屋敷に着いた私は、一瞬、家を間違えたのではないかと思った。いつもは幽霊が出ても不思議でないほど暗い屋敷に、人声が騒がしく、電燈が煌々《こうこう》と輝いているのだ。しかし、迎えに出てきたなじみの召使の顔を見て、それが馬鹿《ばか》げた心配だとわかった後も、私の心中には、奇妙な違和感が消えなかった。

それは、広間に入った時、ますます強くなった。そこにいた十人ほどの二家族と思われるイギリス人が、入ってきた私を、ほとんど敵を迎えるような眼指《まなざ》しで、いっせいに見つめたのである。老人の甥《おい》で、株式の仲買人と学校の教師をしているという男たちに紹介された後も、私には彼らが、どう見てもウェールズ地方の炭坑夫の家族という印象から脱《ぬ》けられなかった。イギリス人は、肉体を見ただけで階級別のわかるヨーロッパ人の中でも、最もそれがはっきりしている人種だ。生前にただの一度も、これら親類の話をしたことがなかった老人の気持も、理解できるような気がした。

四十年間、老人の身近につかえて、この家の中でただ一人、老人の死をほんとうに悲しんでいるように思える召使に導かれ、私は、遺体の安置されている寝室にと、階段を登っていった。寝室は静かだった。そこには、白い仮面のような遺体が横たわっていた。

遺体の横で、涙を流しながら、老召使は話し出した。ちょうど私が取材旅行でフィレンツェを外にしている頃、いつも健康だった老人が、突然倒れたこと。そのまま昏睡《こんすい》状態が四日間続き、今日の早朝に息を引きとったこと。老人がまだ死の床にある日、どうしてこれを知ったのか、イギリスから続々と、甥たちの家族が到着したこと。彼らは、老人のただ一人の兄、それも長らく音信不通のまま、二十年前に死んだ兄の息子たちで、老人の父親が、イギリスにある財産はこの兄に与え、イタリアにあったものはすべて、次男であった老人に残したのだが、イギリスの方はまったく没落してしまったらしく、老人の死期の迫っているのを知るやいなや、甥たちは、金持になる唯一《ゆいいつ》の機会と、大挙して押しかけたのだと、召使は語る。しかし、どこを探しても、遺言書はないのだという。

　こういうたぐいの話には、実のところ、私はうんざりした。始終、金の動いている日本とは違って、金の沈んでいるヨーロッパでは、大金持でなくともちょっとした小金を持った人が死ぬと、必ずといっていいほど、こういう醜い場面が展開する。それに、老人がこんなことは少しも知らずに、静かに死んでいったことがわかっただけで、私には充分であった。

　再び広間に降りてくると、そこに、先ほどの人々の他に、もう二人の男がいた。一人は葬儀屋だったが、もう一人の、この広間にいる男たちの中では、誰よりもきちんとした服装をし、上品な物腰の男だけは、何者かわからなかったが、召使は私に「クリスティーズの方です」と耳うちした。

　クリスティーズ？　こういわれても私には、株式仲買人と教師の妻たちが、やたらと愛想よくしているこの男が、何のためにこの席に来ているのかわからなかったが、それは、二日後に再びこの屋敷を訪れた時、ようやく納得がいったのである。

　その日私は、召使から、老人が生前、彼の蔵書の中で、私の仕事（ルネサンスの歴史）に使えそうなものは差し上げたいといっていたから、整理の前に、それらを選んでほしい、という電話を受け、昼近く、老人の屋敷を訪れたのだった。子供たちのかん高い叫び声と、甥の妻たちの下品な大声の中を、急ぎ足で通り過ぎた私が、書斎に入って、書物を選びはじめた時だった。株式仲買人と教師だという甥たちが入ってきて、私に、叔父が蔵書の中から、いくつかをあなたに贈るといったそうだが、そういうことは、文書にでもしてあればいざしらず、言葉だけではほんとうかどうかわからない、という。私は、こういうめんどうは大嫌《だいきら》いなので、間でおろおろしている召使には心配しないようにとだけいい、早速、引きさがることにした。玄関を出ようとした私の背後から、一人の男が声をかけた。

「フィレンツェの街に行かれるのならお送りしましょう」

振り返った私は、その声の主が、通夜《つや》の席にいた正体不明の、しかしクリスティーズの者という男だとすぐにわかった。真昼のことでもあり、クリスティーズとは何なのかに興味もあったので、私はその男の申し出を受けた。その男、見事なイタリア語を話すイギリス人は、車を走らせながら、独り言のように話し出した。

「貴族や金持が死ぬと、まるで判を押したように、同じ人種が集まってくる。死体にむらがるはげ鷹《たか》のように、遺産を狙《ねら》って押しかける親族たちと、われわれクリスティーズの社員。これだけが、哀れな死者のための通夜の客というわけです」

そして続けて、そのクリスティーズとはいったい何なのかという私の問いに答えて、話し出した。

「クリスティーズは、世界一取引高の多い競売屋です。歴史も、一番古いかもしれない。今から約二百年前の十八世紀の中頃、ジェームス・クリスティーによって、ロンドンに創立されたのです。時はちょうど、産業革命の真最中《まっさいちゅう》、イギリスの貴族階級が、資本家と労働者階級との抗争からはみ出してしまったと、悟らざるをえなくなった時期に当ります。すなわち、歴史の主人公の座から、すべり落ちつつあったということです。この時から、彼らの売り食いの歴史がはじまりました。

そして二世紀後の現代、クリスティーズの客は、イギリスだけでなく世界中に広がりました。金にかえられる物を少しでも手許《てもと》に持っている人のノートには、必ず、ロンドン、キング・ストリート八番地、電話番号8399060と記入されてあるはずです。

たとえば、チャーチル夫人は、夫の死後まもなく、夫の描《か》いた絵の大部分を、クリスティーズを介して売りました。この元英国首相は、アマチュア画家としても有名でしたから、だいぶ高く売れたようです。しかし、一年前に、夫人が、家にある銀器一切を売りたいといってこられた時には、高名な政治家の未亡人の生活の苦しさがしのばれて、われわれも、少しやり切れない思いがしたものです。銀器は、六千万円の値で売れましたが、もちろん、ウィンストン・チャーチルの使用したものというので、この値がついたのです。

また、西ドイツの元首相アデナウアーは、生前から、絵の収集を趣味としていたのを、死後すぐに遺族は、それらをすべて売ることに決めました。典型的な小市民階級の出の彼らには、絵の価値さえもわからないらしく、ただ高く売れることだけ望んでいたようでしたが、総額、二億四千万円で売れたと覚えています。

その他に、ソラヤの耳飾りが一億二千万円。ヘミングウェイのラブレターを持ちこんできた女もいたし、フランス革命の時にギロチンで殺されたフランス王ルイ十六世が、牢屋《ろうや》で世話をしてくれた男に与えたという金時計、われわれクリスティーズ社は、何でも引き受けるのですよ」

では、それらを誰が買うのかとたずねた私に、彼は答えた。

「宝石なら、ジャクリーヌ・オナシス、エリザベス・テイラー、ソフィア・ローレン。絵はアメリカの美術館。それに新興の金持はいつの世でもいます」

しかし私には、もうひとつ彼に聞いてみたいことがあった。どうしてそういう人の死を、こんなに早く知るのかということである。

彼はつぎのように答えた。

「まずロンドン・タイムスの社交記事を読みます。しかし、それよりもずっと役に立つ情報は、没落貴族の女たちからのものです。彼女たちは、自分や身内の持物を、クリスティーズを通じて少しでも高く売ってもらおうと思っているので、そういう情報を集め、それをわれわれに知らせてくれる努力を惜しみません。だからクリスティーズ社は、商売になりそうな人なら、死ぬ前から、その人の健康状態まで知っていますよ。保険会社よりもずっと正確に。あの老人の美術品も蔵書も、バラバラにして売られ、屋敷は、アメリカのどこかの大学の分校に変るでしょう。クリスティーズ社は、すでに老人が、どんな種類の親族を持っていたかも調査済みなのです」

金持ともなれば、通夜の客もそれなりに違ってくるものらしい。この冷徹なイギリス商人と別れた後の私の、それが唯一の感想だった。

ある軍医候補生の手記

九月十五日、いよいよ入隊の日がきた。今日からの三カ月間、軍医候補生生活が続くわけだ。午前中に教授へのあいさつをすませ、外科の医局へまわると、待ちかまえていた先輩たちが、口ぐちに、元気でやってこいというどころか、しごかれるぞなどとおどかす。なかに、つい先頃十五カ月間の兵役を終えたばかりのと、今、三カ月間の候補生期間を終えて、一年間の士官兵役中というのがいて、彼らは、豚のくいものを食わせられるぜとか、営倉にぶちこまれるぜとかいう。面白がっているのだ。

夕方の五時、身のまわり品をつめたトランクひとつ持って、フィレンツェ市内にある軍医学校の門をくぐった。もうすでに到着していたのも、ぼくのあとに続々と入ってくる者も、皆一様に、なさけなさそうな顔をしている。誰だって嫌《いや》でたまらないんだ。医学部を卒業して、ようやく実際に医学がわかりはじめたという時に入隊。兵役の無い国がうらやましい。皆、卒業年度はばらばらでも、なるべくこのやっかいな兵役を先に延ばそうとするから、ここに入隊してくる者は、ほとんどが、期限ギリギリの二十八歳になっている。二十八歳といえば、専門課程研修の真最中だ。待っている間に、同郷のロレンツォに会う。彼は、ローマ大学内科の研修生だ。その他にも、ぼくと同じボローニャ大学卒業者で、ミラノやトリノへ行った者にも会った。軍医候補生教育というのは、春と秋に行われ、それぞれ三百五十人を集める。ぼくたち陸軍の他に空軍と海軍に百人ほど行くから、一年間では、総計千百人ばかりの医学部卒業者が、軍医教育を受けるわけだ。だが、医学部卒業者はもっといるから、大学時代の成績順に、千百人が選ばれるので、ここに入隊してくるのは、医者の中でもエリートであるはずと思ったが、そんなものではなかった。ここはまるで、雀《すずめ》の学校だ。

九月十六日、見るも惨《みじ》めな軍服を着せられる。カーキ色のダブダブなシャツとズボンにGI帽、それに四キロはありそうな靴《くつ》。これは兵舎内で着るもので、外出用のは寸法をとって作るという。これを着たぼくたちは、中庭に集合させられ、編制がはじまった。三百五十人は二中隊に分けられ、中隊はそれぞれ、三つの小隊に、小隊はさらに三つの班にという具合である。全員の長は大佐、中隊長は大尉《たいい》、小隊長は中尉が担当する。ぼくは、第二中隊第三小隊九班、士官候補生フランコ・ベッティというわけだ。編制通りの整列が終った時、大尉がやってきて、班長選びである。ぼくらの九班では、「ああ、その背の一番高いきみが班長、それからと、副班長は、立派なひげのきみだ」こういうわけで、班長は、産婦人科医バルドー二、副班長は、ぼくとは同郷のロレンツォと決った。九班は、皆感じの良い奴《やつ》ばかりらしい。なぜならぼくたちの最初にやったことは、上官に渾名《あだな》をつけることだったから。大尉は、始終口をパクパクさせているのでドナルドダック、第二中隊の三人の中尉の中に女みたいに愛きょうのあるのが一人いて、それにはマリーザ、ぼくたち担当の中尉は横顔がきれいなので美男子。ぼくたちの整列の仕方がなってないといって不機嫌《ふきげん》なマリーザ中尉のことを、「どうもマリーザは月経中らしいよ」という具合である。

九月三十日、半月が過ぎて兵舎生活にも慣れたのか、はじめの頃《ころ》の緊張と不安が消え、皆、上官を怒らせるようなことばかりするようになった。今日などは、整列、行進、敬礼の練習をさせられていたぼくたちの前を、ここに住みついている猫《ねこ》が、六匹の子猫をひきつれて横切った時のことである。敬礼中のまま、ぼくたちはいっせいに「ニャーオ、ニャーオ」とやり、大尉は、「やめなさい、やめないと外出禁止だ」と怒鳴った。だが、ぼくたちだって退屈する。講義はいっこうにはじまらず、毎日、馬鹿《ばか》みたいにキオツケ、ヤスメとやっては過しているのだ。掃除は、兵隊たちがやってくれるし、食事は、病院で出すのと似たりよったりの程度。上官も、お前といわずあなたというし、普通の兵隊として兵役をしている連中よりは待遇は良いのだが、なにしろ自由というものがない。修道院を改築して使っているこの兵舎から見るフィレンツェの風景は素晴らしいのだが、それも眺《なが》めるだけだ。夕方の六時半から九時半までの外出時間の、何と待ちどおしいことか。

十月一日、今日ようやく、外出用の軍服と軍帽と靴が支給された。これを着けたかっこうは、何となくドイツ軍将校を思い出させる。それでも珍しい気もあって、皆、帽子をなおしてみたり、手袋をはめたり、はずしたりしている。これで外出することになったのだが、何とやっかいなことかということがすぐにわかった。道で出会う将校連に、いちいち敬礼しなければならないのだ。ぼくたちはまだ、候補生中の兵隊の身分だから、軍曹《ぐんそう》にも伍長《ごちょう》にも敬礼だ。それを見分けるのがまた大変で、あわて者は、交通整理のおまわりにまで敬礼したという。そのうえ、道を歩きながらアイスクリームも食べられないし、いかがわしい職業の女と歩いてもいけないという。この注意を受けた時、一人が質問した。

「大尉殿、この頃の女性の服装では、いかがわしいのといかがわしくないのと、どこで見分けられるのですか」大尉答えていわく、

「これ年の功というもの。いかがわしくないほうは自信ないが、いかがわしいほうは皆、顔見知りのはずと思います」

十月五日、同室の仲間も多種多彩だ。ぼくのベッドの隣は、班長のバルドーニ。新婚旅行からそのまま入隊したという彼は、毎日、外出時間ともなると電話局へ駆けつける。ボローニャに残した奥さんへの電話で、一日も電話しない日があると、奥さんが大変だとのこと。

彼は、背が高いのにひどく内気で、号令をかけるのが恥ずかしいらしい。「進め！」というところを「では行きましょう」とやるものだから、ぼくらの班は行進の調子が狂っちゃうんだなあ。

ななめ前のベッドには、ひげの副班長ロレンツォが寝る。彼のほうは班に命令を与える時も、その太い声とひげにうまった顔で何とかさまになっていて、皆から、軍神とかサラセン人とか渾名されているのだが、意外と心配性で、外出の時にまだ十五分も門限には間があるというのに、もう帰ろうよといいだすのは、決って彼である。

バルドーニの前のベッドは、老人病専攻のマリオだ。マンガの亀《かめ》を思わせる彼は、少々子供じみていて、医学知識をすぐにひけらかしたがる。彼がある薬の名をいうと、ぼくたちは知っているのだがわざと、そんな薬品用いたことないねえなどと答え、それを信じた彼が、ボローニャもナポリも、まったく何てえ医学を教えているんだと憤慨するというわけだ。

マリオの横は、ナポリ出身で、ぼくと同じ外科専攻のエンリコである。この男、寝言をいうくせがあり、それを、老人病専攻にふさわしく、人よりも眠る時間の少ないマリオが聞いていていう。

「エンリコ、昨夜も寝言いっていたよ。でもきっと許婚者《いいなずけ》と会っていたんだね。だって、きみは何もわかっちゃいないんだっていっていたもの」エンリコ答えて、

「そうだ。覚えていないがきっとそうだよ。そういったのなら、あいつ以外の者であるはず

がない」マリオ続けて、

「でも、ずいぶんと大きな声でいうねえ。はた迷惑だ」エンリコ、悠然《ゆうぜん》と答えて、

「そうかい、悪いねえ。でもぼくは子供の頃、寝言だけでなく眠ったまま歩きまわって、しばらくすると近くのベッドにもぐり込むくせがあったんだ」

　誰だって眠っている夜中に、エンリコにだきつかれたのではたまったものではないから、マリオもぼくたちも、彼の寝言を我慢することにした。

　他に、小児科専攻のルチアーノがいる。彼は、見事な長髪とコールマンひげで入隊したのだが、そのつぎの日、兵舎の床屋に、ひげはそのままだったが、髪はバッサリどころか高々と刈り上げられ、泣きべそをかいていた男だ。そのルチアーノに、彼の勤め先の所長からの手紙がとどいた。「ルチアーノ、元気でいますか。こちらでは毎日、看護婦たちがきみのことを聞きにきます……」これには皆、わっとはやしたてたものである。しかし彼は、頭に手をやりながら、悄然《しょうぜん》といった。

「こんなみっともないかっこうにされて帰れるか」

　もう一人、実に傑作な奴がいる。医学者としては、ここにいる誰よりも優れているだろう。イギリスで出版されている、医学関係の専門書では国際的に有名な『ランセット』にも、論文を発表したほどの男だ。ところがこのジョヴァンニだが、学術的には一流だが、常識というか環境適応性というかが、まったくゼロに出来ている。

昨夜のことだった。自由外出時間を利用して、彼は映画を見に行ったらしい。兵舎を出るやいなや、そのまま映画館へ直行すれば、三時間の外出時間中に見終えられたのに、彼は、映画ははじめから見るものだとかいって、その時間まで待ち、映画館に入ったから、門限の時刻が来ても、まだ映画の第一部しか終っていなかった。そこで彼は、第一部と第二部の休憩時間中に、兵舎に電話をかけ、当直将校を呼び出し、こういったものだ。

「あの、終りまで見てから帰りますから、ちょっと遅れます」

そして、呆《あき》れて声も出ない将校をそのままに電話を切り、一時間後、悠々と帰営した。

翌朝、彼は大佐に呼び出され、五日間の外出禁止をくらった。理由は、こうである。

「兵舎を、下宿屋と間違えとる」

だが彼は、これで恐れいって態度を改めるどころか、平然と、そんなものかねえといい、外出するぼくたちに、煙草《たばこ》や菓子を買ってきてくれと頼む始末だから、徹底している。


十月十五日、三百五十人の医者が集まっているのだから、たとえ病気になっても安心だろうと、他人は思うかもしれない。ところが大違いなのだ。三百五十人の医者がいるということは、つまり、三百五十通りの医療法が生れるということなのである。だから患者は、あちこち別の医者をまわり歩くよりも、観念して、一人の医者にまかせる方が得策なんだ。そうなればなったで、医者の方も責任を感じてちゃんと治療するようになる。

今日の午後のことだった。中庭で休憩中のぼくたちの班に、マリーザ中尉が来ていった。「どうも右眼《みぎめ》が変なのだが、きみたちの中に眼科医はいませんか」

もちろんいる。進み出た眼科医が、では失礼などといい、まぶたをめくって見ている。そして、コーチゾンを使われたらよいでしょうといった。ところが、薬には自信のある内科医たちが待ったをかけた。「気が狂ったんじゃない。コーチゾンなんて使ったら大変だぜ、緑内障になるぜ」だが眼科医は、背をぐんと伸ばして答える。「なにいってるんだい、彼の年を考えてみろよ」あとは、産婦人科も外科も小児科もない。二十人がワイワイと、コーチゾンについて自説を述べたて、怖《おそ》れをなした中尉は、「いやもうけっこう」といい、逃げて行ってしまった。

しかし、今日でようやく一カ月目だ。楽しいようでいて、やはり病院の薬っぽい匂《にお》いがなつかしい。

十月十九日、月曜日、ようやく講義がはじまった。入隊後一カ月以上過ぎてだからあきれる。講義は、朝の八時から十二時過ぎまで、一時間ごとに別々のテーマについて、大佐級の軍医がきてする。例えば、原子兵器や化学兵器についてとか、兵隊の健康管理、野戦病院の設置などだが、イタリアは戦時体制にないから、どうも聞いている方もピンとこない。皆、ノートや教科書を入れたカバンを持って教室に入るのだが、そのカバンの中に、推理小説を入れていない者は皆無といってよい。講義中、それを読む者もいるし、恋人にせっせと手紙ばかり書いているのもいる。要するに、誰一人、まじめに聞いている者はいない。

こんな生徒を相手にするのだから、講師の方も作戦を考える。もうすでにあきらめてしまって、淡々と講義を続けるだけの講師もいるが、なかには、講談でも聞いているのかと思うほど面白いのもいる。ぼくたちが、サヴォナローラ（ルネサンス時代の狂信的な説教修道士）と渾名した講師は、まったくドラマティックだ。

「弾丸が右脚に命中した。兵士は倒れた。さて、きみならどうします」

問われた一人は、あわてて推理小説を隠して立ち上り、答える。

「待ちます。それからゆっくりと……」

問いかけた相手が悪かった。彼は、法医学専攻だから、死人の方が好きなのだ。サヴォナローラは、教壇をドンとたたいてもう一度質問する。

「待つだって。とんでもない。ここは戦場ですぞ。ではその隣のきみは？」

「切断します。ただちに」

これは、サヴォナローラにいわれなくたって、性急な処置だってことは誰にもわかる。だが、答えたのは外科医だ。外科医は、何でもかんでもすぐ切りたがる。でもまあ、イタリアが戦争していなくて幸いというものだ。

十月二十三日、今日は、ピストル射撃の実地演習をする。今までは、空砲で練習していたが、今日はちゃんと弾丸が入っているので、フィレンツェの郊外の人家のないところへ行ってする。なにしろ、どこへ弾丸が飛んでいくか自分でもわからない連中が多いのだから、指導する将校たちも、生きた心地もしないことだろう。

茶色と緑色の絵具をベタベタ塗りたくったような、いわゆる保護色の戦闘服に、鉄かぶとに水筒を腰につけ、いちおうは戦争にでも行くようなかっこうをさせられたぼくたちは、トラックに分乗して兵舎を後にした。この演習のために講義は休みだし、朝から兵舎の外に出られるというわけで、皆、遠足に行くみたいに陽気だ。コーラスをはじめて、助手席の大尉ににらまれる。

人畜に害を与える怖れのない郊外に着いたぼくたちは、早速、二十五メートル先に立っている人型の板の、心臓にあたる部分の丸い場所に向って射撃開始を命ぜられる。与えられた弾丸は二十四発だ。中には狩猟を趣味にしている者もいて、彼らはあわてず騒がず、見事な姿勢で撃つ。しかし、実弾を撃つのははじめてという者などは、おそるおそる的の方向にピストルを持った手をのばし、顔は反対の方に向け、眼をつぶって撃つ。ちょうど、注射の嫌《きら》いな子供が、それでも観念して、わきを向いたまま腕を医者の方に差し出すのと同じだ。撃ち終ると、空《から》になったピストルを向けて「第二中隊〇〇、ただ今、射撃終りました」ということになっているのだが、それをいうどころではない。なかの一人に至っては、撃ち終ったというのにそのままの姿勢で、まだ眼をつぶったまま、ピストルを持った手がブルブルふるえて動けないのがいた。中隊長である大尉は、怒る気にもなれなかったとみえ、そばへ行って、ブルブルふるえている彼を両腕でだきかかえ、「よしよし、終ったんだよ」といった。あきれはてた軍隊である。ちなみにぼくの成績は、二十三発まで命中して、三百五十人全員の一番となり、それ以後、バッファロー・ビルと渾名がついた。前から射撃が好きだったぼくには、このことが別に意外でも得意でもなかったが、婚約者のアンナが、医学部卒業時のぼくのちょっとした成績を知った時よりも、もっと嬉《うれ》しがったのには意外な気がした。女って、妙なことを尊敬しちゃうものらしい。

十月二十五日、日曜だというのに、宣誓式をさせられる。戦いともなれば、すぐにもはせ参じ、お国のために軍医として役立つことを誓います、というわけだ。鉄かぶとに銃剣、それを白い手袋をはめた手で捧《ささ》げ持ち、列席の陸軍のお偉方たちの前で誓う。しかし、ぼくたちは、戦争に行くなどは真平《まっぴら》だと、誓わないことにした。だが、皆でいっせいに誓いを叫ぶことになっているので、黙って沈黙しているわけにもいかない。そこで〝ロ・ジューロ（誓います）〟と叫ぶところを、〝ロ・ドゥーロ（堅いきんたま）〟と叫ぶことに決めた。なにしろ、三百五十人もがいっせいに叫ぶのだから、ジュとドゥの差なんかわかりゃしない。あんのじょう、将軍は、よくぞいってくれました、なんて、その後であいさつしていた。ただし、隊列の間に立っていた中尉あたりには、聞えたらしい。彼らは、直立不動の姿勢のまま、笑うまいと苦労していたから。

十一月十二日、いよいよ三カ月間の士官候補生生活の終る十二月十二日にあと一カ月と迫った。その後、十二月いっぱい休暇があって、来年の一月二日から、それぞれの軍病院に配属され、イタリア各地に散っていくわけだ。いくら、七万円余りの月給をもらうことになっても（日本での価値だと四万円以下）誰も軍医になる気などなくて、兵役という義務を逃れるわけにはいかないから、いやいや、十五カ月間続く、こんなことをしているのだ。せめて、仲間の集まっているこの三カ月間を楽しまなくて、何の兵役といえよう。

というわけで、今夜、ぼくたち第二中隊の有志が秘《ひそ》かに会合した結果、十二月十一日の深夜に挙行することが決った。第一中隊の部屋との境の扉《とびら》のこちら側に、レンガとセメントで、壁を作ってしまうのだ。つぎの日、すなわちここでの生活最後の朝に、扉を開けても壁が立ちふさがっていて、外に出ようにも出られないようにしてしまうのだ。こうすれば、少なくとも朝の国旗掲揚には、第一中隊の百七十五人は列席できなくなるから、その時の将校連中のあわてぶりが見物だ。

詳細な手順も決められた。これから一カ月間、ぼくたち有志の一人一人は、外出のたびにカバンにレンガを二個ずつ入れて、秘かに兵舎に持ち込むこと。セメント袋も小さく分けられて、同じようにして運び入れる。医者用のカバンは、がっちりできているから、そのなかに聴診器のかわりにレンガを入れても大丈夫だ。さて、一カ月後が楽しみだ。このことを極秘に保つことを、皆で誓いあう。

もちろん、今回はちゃんと誓った。ロ・ドゥーロ（堅いきんたま）でなく、ロ・ジューロ（誓います）の方でだ。

アメリカ・アメリカ

アレックスからの、久しぶりの手紙を受け取った。一年前、ほとんど十年ぶりにニューヨークへ帰る彼を、フィレンツェの駅に見送った時から予想していたことが、実現してしまったと感じながらも、わきあがってくる苦い思いを押えることができない。彼は、やはりアメリカ人になりきれなかったのであろうか。手紙は、こんなふうにはじまっている。

「ナナミ、ぼくは、一年間辛抱してきた。久しぶりに息子が手許《てもと》に戻ってきて、ほとんど有頂天になっている母を見ながら、ぼくは辛抱してきたんだ。だが、もう耐えられない。精神病患者を治療するはずのぼくが、かえって狂人になりかかっている。

義父は善人だ。ちょっとへきえきするほど厳格なユダヤ教信者であることを除けば、まあ一緒にやっていけない男ではない。まったくサラリーマン生活が板についてしまっている兄も、末はアメリカン・フットボールの選手になるにちがいないと思わせるようにまるまると肥《ふと》り、しかも頑丈《がんじょう》な二人の男の子と、野菜は冷凍ものしか知らない陽気な妻にかこまれ、それでもけっこう満足している様子で、高等教育を受けられなかった彼自身を悲しむでもなく、医者になった弟のぼくを、かえって誇りにするほど人が良くできている。

　では、精神分析医ということになっているぼくの仕事の一例をあげよう。患者のひとりに、俳優がいる。はじめはブロードウェイの前衛劇をやっていたが、昨今の流行でハリウッドに引き抜かれ、今では相当に名を知られた俳優になっている。もちろん金《かね》は、いやというほどかせいでいる。そんな連中の例にもれず、彼も、離婚経験者、麻薬常習者、それに、コーヒーを飲むと同じ気持で、精神分析医のベッドに横になりに来る男だ。

　その彼だが、ニューヨークにいる時は、毎日、夕方の一時間、ぼくのところに通ってくる。そしてベッドに横になりながら、オスカー賞の悪口を長ながと言ったりする。ぼくは確信をもって言えるが、もし彼が受賞でもしたら、喜び勇んで授賞式に出るにちがいないんだ。

　ところが、ここまでなら、金離れのいい、医者にとっては至極都合のいい患者にすぎないのだが、彼は、仕事でハリウッドに行ったり、休暇でヨーロッパに遊んだりしている間も、ぼくに、夕方の一時間を、彼のためだけに確保しておいてくれという。治療室で待機していてくれというんだ。別に、突然予定が変ってニューヨークに来れるかもしれないからというのではない。ドクターが私のために、白い空のベッドを前にして、時間を費やしていてくれると考えるだけで、何かほっと安心できるんです。これが彼の言い分だ。もちろん、金《かね》は払うのだが。

　はじめはぼくも、たいして気にするでもなく、かえってこの奇妙な一時間を面白がっていた。ほんの時たま、ロンドンあたりから電話をかけてくるから、治療室にいないわけにはいかない。だから、白いシーツの空《から》のベッドに背を向けて、医学雑誌や推理小説を読みながら、夕方の一時間が過ぎるのを待つ日が続いた。

しかし、彼が売れっ子になっていくにつれて、白いベッドが空のまま一時間が過ぎる度合いがずっと多くなった。ここ数カ月、ぼくはこの患者の顔を、映画館で見るだけだ。

いつか、きみが話していたことが思い出される。きみが勉強しているルネサンス時代のイタリアの君主の一人に、面白い男がいるというあの話だ。彼は、愛人に、夜になると必ず裸になり、ベッドに横たわりながら、自分のことを思えと命じたそうだ。貴族の女で、君主から金《かね》をもらっていたわけでもないこの愛人は、それでも忠実にこの命に服し、毎晩陽《ひ》が落ちると衣服を脱いで裸体になり、ベッドに横たわって、遠い地で戦いをしている彼を、そして時には、同じ町の中の宮殿で正妻とともに夕食しているかもしれない彼を思いながら、君主の訪問のない多くの夜を過したという。君主が、夜になるとこの裸体の愛人を思ったかどうか。それは、彼しか知らないことだ。

きみは、この話をしながら、女の心理を見事に突いたやり方、小憎らしい男もいるもの、と言った。

たしかに、こういう話なら優雅でエロティックで、いかにもイタリア的だ。だが、ぼくとこの患者の場合は、優雅でもなく、もちろんエロティックでもなく、ただ、殺伐としている。

ぼくは、次第に、眼《め》の前の白い空のベッドを憎みはじめた。きみは、それならそんな患者を断わればいい、というだろう。しかし、ここニューヨークでは、いやアメリカ全土も同じことだが、精神分析医のところに通ってくる人々は、だいたいこの俳優と似たりよったりなのだ。皆、不安に悩む一方、自分達の精神状態こそ現代人である証拠だと、奇妙な自負心さえ持っている。麻薬常用者であること、同性愛者であることが、現代人のパス・ポートなのだそうだ。これではぼくは、ベッドが空でなくても気が狂ってしまうだろう。

さて、正常ということになっているアメリカ人のほうだが、これがまた病人以上に我慢ならない。アメリカ人であるぼくにとっては、実になさけない思いで告白するのだが、世界史上、指導的な立場であったいくつかの国民の中で、アメリカ人ほど馬鹿《ばか》な国民はいなかったのではないか、という気がしている。ものの考え方感じ方が、まるで幼稚なのだ。ぼくは、悪人も堕落した者も我慢できる。だが、自分たちが正しいと単純に信じきっている馬鹿者だけは我慢できない。

ある時、それこそ精神分析医とは一生縁のなさそうな、まじめで健康な学生と話していた時だ。ぼくは、ふと冗談に、最初の人間は誰だと思う、とたずねた。彼は、ためらうことなく答えた。ジョージ・ワシントンと。ぼくは笑いながら、まだふざけ半分に、アダムじゃないかと言ったら、この若者は、至極まじめな顔をしながら、なあんだ、ドクターが外国人のことを言っているとは知らなかった、と答えたものだ。これで、マサチューセッツ工科大学の学生なのだから、あきれるよりも悲しくなる。ＩＢＭには、彼みたいな有能で無教養なアメリカ主義者が、わんさといるんじゃないかと思えてくる。

こういう正常な人々が、自由の女神の肩に乗って、〝正義！　正義！〟とわめいているアメリカ。このアメリカが、いくら他国民から批判されようと、そして、時には自己批判しているように見える時期でも、アメリカという国の主流を占めているのさ」

手紙は、まだ続く。だが、このあたりで彼の経歴を紹介しておいた方がよいだろう。アメリカは、雑多な人種の国であることは確かだ。しかし、誰でもがアメリカ人になりきれるわけでもないということも、どうやら確かなことであるらしい。

アレクサンダー・ビスコーヴィッチ。この姓で明らかなように、アレックスは、ユダヤ系ポーランド人として、ワルシャワに生れた。数年して、ポーランドにナチが侵入してきた時、彼の両親はロシア語ができたことから、彼と四歳上の兄をつれて、ソヴィエトに逃げる。ソヴィエト政府は、これら逃げてきたユダヤ人を集めて、シベリアへ送った。そこでの生活がどんなふうであったか、アレックスはほとんど語らない。ただ、ワルシャワ大学教授だった父親は、農家の庭先のにわとりを眺《なが》めていたというだけで、銃殺されたこと。その後、母親がロシア将校の愛人になり、そのおかげでか、親類のいるパリに逃げ出すことができたと、いつか皮肉な笑いを浮べながら話しただけである。だが彼とて、母親の生き方を非難しているのではない。あの時代、あの境遇で、幼い子供二人をかかえた若い母親にとって、ほかにどんな生き方ができただろう。

戦中、戦後のパリで、十年を過した。その間に母親は、アメリカ国籍を得るためだけに、アメリカ人と結婚する。だから、親子三人でニューヨークに渡ってすぐ、パリにいる、この名ばかりの父親とは縁が切れた。彼は、苦学してハーバード大学の文科を卒業する。ところが、医学を勉強したくなった彼は、その前に一度ヨーロッパを見ようと、ふらっとイタリアへ来た。そして、シエナの町の中世的で静かな美しさが気に入り、ちょうどその大学の学生課の職員の一人がフランス語を話したところから、そのまま、シエナ大学の医学部に入学してしまった。卒業、大学研究室生活と、またも九年が過ぎる。だが、やはり自分の人生はアメリカでやりたいと、一年前、イタリアをたって行ったのだった。そして今、この苦い手紙。

イタリアの片田舎で、生みたての卵が治療代であっても、なんでも屋の医者として生きたいと言うアレックスに、私は苦笑しながらこんなふうに返事を書くつもりだ。

「親愛なるアレックス。保険制度が完備し、医療がタダになったイタリアの農民に、もうそんな素朴《そぼく》な感謝の気持はなくなりました」と。

地中海

フィレンツェは、美しい古都だと思う。散歩していて、これほど楽しい街も少ない。私の仕事の史料を集めるにも取材するにも便利だし、街中は歩いて事のすむ、いわゆる人間の寸法にあった街なのである。東京だと、都心へ出るにも地下鉄、国鉄と乗り換えねばならず、何やら大決心の末、出かけるというような気がしたものだった。

だが、ここフィレンツェには、海がない。アルノ河の流れに沿ってできた街なので、周囲には糸杉のつらなる丘陵が重なり、その間に中世風の塔の見え隠れする、落ちついた美しさに満ちてはいるのだが、あの荒々しい、それでいて官能的な優しさで全身を包んでくれる、海というものがない。海を、イル・マーレと男性名詞にしたイタリア人は、よく海をわかっていたのだろう。

蟹座《かにざ》の星の下に生れた私には、水のそばにいると満足する習性が、元来あるのかもしれない。だが、川や湖は、いっこうに私を魅了しない。そこでは醒《さ》めてしまうのだ。糸杉の深い繁《しげ》みの中に、つたのはう石壁の邸宅がひっそりと並び、前面の静まりかえった湖水には、対岸にそびえる雪をいただいたスイスの山々が映るコモの湖を、私は美しいと思う。しかし、その美しさは、静的で醒めた冷たい美しさだ。その前では、私は立ち止ってしまう。かといって、海ならどこの海でもよいというわけではない。私の妹は、能登《のと》の海、しかも冬の能登とか佐渡《さど》の海が好きだが、あの厳しい、何者をも拒絶するような海は、私を困惑させるだけである。北のバルト海も、暗くて好きではない。有名な南仏の海も、やさしく洗練されすぎていて、あそこでは私はよそ者になる。やはり地中海、太陽をいっぱいに浴びてできた、芳醇《ほうじゅん》なブドウ酒のような地中海が好きだ。

　地中海を、古代ローマ人は、〝われわれの海〟と呼んでいた。大型の三段漕《さんだんこぎ》のガレー船で、地中海沿岸の国々をつぎつぎと征服していた彼らのことだから、内海というつもりでそう呼んだのであろう。だが、それだけではない何か、怖《おそ》ろしい自然、敵対する自然としての海とはちがう何かが、地中海をそう呼ばせるにふさわしいものにしている。古代ローマ人が本格的に活躍しはじめる数世紀前、すでに地中海沿岸の各地に植民地を建設していた古代ギリシア人もまた、海洋民族であった。地中海を、ブドウ酒色の海と歌ったのは、彼らの詩人ホメロスである。

　西暦五世紀に西ローマ帝国が崩壊し、ヨーロッパは長い中世時代に入るが、八世紀頃《ごろ》からすでに、イタリアの商船は、地中海で縦横の活躍をはじめている。ヴェネツィア、ジェノヴァ、ピサ、アマルフィの四共和国の船は、サラセンの海賊の襲撃の危険にさらされながらも、時にはそれと戦い、オリエントとヨーロッパの間の交易のにない手であった。今でもイタリア海軍の軍旗は、赤と白と緑の国旗の真中の白の部分に、この四つの共和国の紋章を組み合せたものでできている。海を怖れなかった先祖にあやかるようにとの思いであろうか。

『ヴェネツィアに死す』の中でトーマス・マンは、ヴェネツィアへは、海から訪れるべきだと書いている。この忠告に従って、私は何度か、キオッジアで車を捨て、連絡船に乗るか、トリエステから船で行くか、またギリシアからの帰途とかで、ヴェネツィアを海から訪れたことがある。その時、はじめてヴェネツィアの美しさがわかった。

船が近づくにつれて、波の上に、はじめは高い塔が見え、ついで、うすバラ色に輝くパラッツォ・ドゥカーレ、丸屋根の重なる聖《サン》マルコ寺院が見えてくる。鐘の音が、波間をぬって聞える。何カ月にも及ぶ長い航海を終えて、ようやく自分たちの国に帰ってきたかつてのヴェネツィア人は、その光景を、どんな気持で眺めたであろう。また、オリエントの人々が、ヨーロッパを訪れる時、まずはじめに迎えるのが、この美しい波の上の都だったとは、どれほど幸いなことであったろうか。ヴェネツィアの表玄関は海に面しているのである。陸から汽車で着くのは、裏の通用門から入るということなのだ。

これは、ヴェネツィアだけにあてはまることではない。ナポリもシラクサも、そして私はまだ機会を得ないが、マルセーユもバルセロナも、海から訪れるべきだ。表玄関から入るべきだと思う。その時はじめて、これらの港町の美しさだけではなく、海に生れた人々の心がわかってくるのではないかと思う。

ある年の夏、ギリシアの島めぐりを終えた私たちのヨットは、ナポリの港へ、夕日を背にしつつ帰ってきた。カプリ島を回った時は、太陽はまだ、大きな燃える球となって水平線上に輝いていたのだが、ナポリ湾に入る頃には、それが水平線にふれた時だった。水にふれたとたんに、落日は、金色の光をあたり一面に投げ散らす。おだやかな海が、一瞬、金色の延べ板に変るのはその時だ。速力を増した私たちの船は、その金色の延べ板の真中《まんなか》を突き進んだ。割って、それを左右に切るようにしながら。

さわやかな風が、あらいセーターを着ている私の首もとを吹きすぎる。髪の毛が、長くうしろにひるがえっては、ほおを打つ。

進むにしたがって、ナポリ湾は、広く両手を広げるように大きくなった。右手に、薄紫の夕もやにおおわれているヴェズビオの火山が、ゆるく尾根を引いている。左手には、すでにちらりと灯《ひ》の見えるポジリポの端がのびている。中央は、湾を囲む線をそのまま山に延長したように、階段状に家々が連なっている。もうそこには、灯がキラキラとまたたきはじめた。

同じ船の友人たちは、皆無言だった。いつもはしんらつな皮肉をいうイギリス青年のフィリップも、冷静な医者ジュセッペも、おとなしい外交官志望のカルロも、そしていつも笑い声を絶やさない陽気な女の子ディアナも、そのほかの誰も皆、この荘厳《そうごん》な美しさに心を奪われてしまっていた。静かに眺めて楽しむのではない。全身でそれにひたって、それにすべてを投げこんではじめて得られる、恍惚《こうこつ》の境地とでもいおうか。それは、絵画の持つ美しさではなかった。肉体のすみずみにふれ、それを愛撫《あいぶ》し、やがて通りすぎていく、交響詩のような美しさだった。

ナポリよりもっと南の島シチリアの、古い古い港町シラクリの朝も忘れられない。プラトンが訪れ、アルキメデスが死んだこの古代ギリシアの植民地時代からの港町も、今は、静かな余生を送っている感じだ。

その朝、私は夜釣《よづ》りからの帰りだった。一晩中、海の上で過したので、さすがにぐったりと疲れていた。漁師の手つだいをするなんていい出すのではなかったと、少々後悔してもいた。ナポリからの船や、スペイン、ギリシアからの船が入る大桟橋《おおさんばし》に遠慮するように、ずっと奥の方に漁船用の船着場がある。そこへ向ってモーターの音を低くして入っていく小船の上に立っていた私の眼《め》は、それまでの眠気を一気に吹きとばすほどに覚めてしまった。どっしりと落ちついた古い港町が、今、けだる気に一日をはじめようとしている。漁師の家であろうか。ピンクや薄緑色や水色、そして白のしっくいの家並が、明るい調和を保って眼前に迫ってくる。浜辺に打ちあげられている小船も、色とりどりに塗られているのだが、それが、少しもけばけばしさを感じさせない。

船着場にあがった私は、両手に一匹ずつ魚をぶらさげ、町中へ入っていった。魚は、いらないと断わったのに、漁師が無理にくれたのである。どうやら、一晩の漁の手伝い料らしい。フランコの家にでも持っていって、彼の母親に料理してもらうしかないだろう。これから少し寝て、午後は、高台に建つ、古代ギリシアの遺跡へでも行って、花でもつもうかしらん。

私は今、海の香りもとどかないここフィレンツェで、一九七一年二月十三日の午後一時、日本時間だと午後九時、こんな風に私の海に思いをはせている。しかも窓の外は、どんよりと雲が厚くたれこめ、眼前の教会の古い塔の穴に住む鳩《はと》たちも、気のせいか、いつもより元気がないようだ。眼下の庭園は、葉の落ちた樹々のために、ずっと見とおしがよくなってて、大きな猫《ねこ》がのそのそ歩くのまで見える。その向うに立つピッティ宮殿からは、観光客の少ない冬を利用しての、修築工事のつちの音が小さくひびいてくる。

やれやれ、何で冬ごもりの穴熊《あなぐま》のようにしていなければならないのか。

私は、自分で自分に腹を立てている。海がなくては生きていけないんだなどと、おおげさなひとりごとをいってみたりする。

では、何も遠慮することはない、海へ行けばよいではないか、と人はいうだろうが、そうは簡単にはいかない。海は、その香りを風を、全身で浴びないことには意味がない。窓のガラス越しに見たってしようがない。

せめて、復活祭の頃まで我慢しよう。四月の中旬ともなれば、シチリアあたりではもう泳げるのだから。そして、その時には、自分で自分に休暇を許し、マンフローニの『イタリア海軍の歴史』でも持って、さっさと南へ向うことにしよう。

ヴェネツィア点描

海の底は、思ったほど暗くはない。水面をとおってくる光が、ゆらゆらと縞《しま》模様を描いて、あとからあとから、移動してくる感じだ。建物の壁面をはうように、白やバラ色の大理石をなでるように。

私は、こんなに巧みに泳げるとは思わなかった。聖《サン》マルコ広場を、踊るように泳いで行く。じゃまするのは魚たち。群れをなしていく魚たちだ。

聖《サン》マルコ寺院の前に来た。重なりあう円屋根《クーポラ》の青灰色。正面の金色のモザイク。四頭の青銅の馬の間を、小さな魚が追いかけっこしている。

誰もいない。人間の姿を見ないのを不思議に思う。だが、すぐに気がついた。あたりまえだ。海の底なんだもの。

右に折れて、パラッツォ・ドゥカーレに入る。入口の古い扉《とびら》が、波にゆられて、開いたり閉ったりしている。正面の階段を登ろう。昔の高貴な人々のように。もう一階、石の階段を上へ。

大広間に出た。正面のティントレットの壁画が、あいかわらず暗い。でも、天井画をみてほっとした。ヴェロネーゼ。彼の水色と乳色の、やさしさとさわやかさ。

ヴェランダへの扉を開ける。地中海から着く船を見るつもりで。だがそこには、海底の砂の上に、ゴンドラがひとつあっただけ。白い砂の上の黒いゴンドラ。まるで、誰かの墓ででもあるかのように。

冷たい風を受けて、私は目を覚ました。夢だったのだ。でも、泣きそうなほど悲しかった私は、窓を開け、眼下の大運河《カナル・グランデ》を、いっぱいの人をのせた船が行くのを見て、はじめてほっと安心した。対岸の建物の窓に、花びんの水を運河に捨てる女の姿も見える。

だがヴェネツィアは、この瞬間にも海の底に沈んでいく。少しずつだが、確実に沈んでいく。もう、一階は住めない。かつては水面に降りていた石の階段が、ほとんど水の中に、その緑色のこけに埋まった姿を沈めている。波が、建物の入口をひっきりなしに洗う。沈む都、ヴェネツィア。死んでいく都、ヴェネツィア。

魚市場の朝

「シニョリーナ、買ってらっしゃいよ。このまぐろ、日本のものだよ」

「まさか」

「まあ、日本からきたものじゃないけど。でも、日本の漁船がとってここに荷上げしたのよ。この辺で売ってる魚は、みんなそうさ」

聖《サン》マルコ広場、冬

観光客のいない、冷たい海からの風が吹きすぎる屋外のカフェに、空《から》のコーヒー茶碗《ちやわん》を前にした若い男女の一組。男は、軍服を着ている。

「もう、とても耐えられないわ。あなたがそばに居てくれないことが。朝はいいの。部屋で勉強してるから。それに午後も、大学へ行くか図書館に行ってるから。でも夕方、夕方が一番ダメ。待っていてもあなたは帰って来ない」

「さあ、泣かないで。もう少しのしんぼうだ。この一年間の兵役が終るまでだ。そうしたらぼくは、また研究室に戻れる。きみと一緒にいられる」

「街に出てみても、前のように楽しくないの。あなたのせいだわ。あなたは私を、どこへも一人で行かせなかったんだもの。だから今、一人で歩くと不安なの」

「可愛《かわい》いお馬鹿《ばか》さん。ほんとうはぼくも、きみを一人ではどこにもやりたくないんだ。部屋の中に閉じ込めておきたい。教授にも誰にも、ぼくと一緒でない限り会わせたくないんだ」

「あなたのものは、あなたの出発から二週間、そのままに置いてあるわ。読みかけの本は机の上に、スリッパは長椅子《ながいす》のわきに。私、整理する気になれなかったの」

「復活祭には、二十日間の休暇がとれる。その時まで、そのままにしておいておくれ。ぼくが帰っても、すぐに自分の家だと思えるように」

ヴェネツィア、秋

九月の末から十月にかけて、ヴェネツィアは、奇妙な街になる。でっぷり肥《ふと》った、だが頑《がん》丈《じょう》な身体《からだ》つきのアメリカ人が、駿馬《しゅんめ》のような若い男たちを連れ歩いているのを、よく見かける季節だ。一人ではない何人もの、それもどういうわけかたいていがアメリカ男だが、これらの金のかかった服をむぞうさに着た中年の男の一人が、グリッティやダニエル・エクセルシオールのような最高級ホテルの玄関から出てくると、きまったように美しい若い男たちが、小走りにその後に続く。若い男たちは、アメリカ人ではない。イタリア、フランス、スペイン、イギリス、そして時には黒人も。

ある日の午後、その一群と、宝石店の中で出会った。あらかじめ注文してあったらしい、いずれも同じ形の金の腕輪を、店員が店の奥から持ってくる。中年の男の見ている前で、若い男たちは、一人一人セーターの腕をまくる。金の腕輪が、その腕にはめこまれた。青年たちには、少しも女々しい感じはない。若い見事な馬のように、清々《すがすが》しい活気に満ちている。

人影のないリドの波打ちぎわで、さっきの青年たちが、裸体になってボール遊びをしている。中年の男の方は、ヴェランダに坐《すわ》り、細い黒い葉巻をくゆらせながら、それを眺めている。落日が、空をあかね色に染めはじめた。青年たちには、まだ止《や》めろという命令は出ない。ボール遊びは続けられる。あかね色一色に変った空と海に、黒いシルエットが五つ、ボールを追って躍る。時折、金の腕輪が、キラリと光る。

女同士の会話

彼女は、没落貴族の未亡人。年とった男と結婚したので、まだ充分に若く、非常に魅力的だ。恋人はいる。その中の一人は、インテリのアメリカ人で、しかも金持だから、彼女は満足している。彼女にいわせれば、インテリのアメリカ人ほど、ヴェネツィア貴族の女に弱い人種もいないそうだ。

「私、アメリカのウーマン・リヴとやらに同情していたのよ。きっと、一週間に一回、土曜日の夜だけというのを、もう少し多くしてくれと要求しているのかと思ったの。ところが、そうではないんですってね。それに、要求を貫くためには、その一週間に一回も、ストするんですって。哀れな人たちだこと。でも、アメリカのつぎにウーマン・リヴが盛んなのは、日本ですってよ。日本の女は、男に対して何を要求しているわけ？」

「さあ、よく知らないけれど、でもきっと、二週間に一回というのを、せめて一週間に一回にしてくれと、要求しているのだと思うわ」

「あら、そう。それは深刻だわね」

忠告 (一)

「ヴェネツィアをわかりたいと思ったら、夜、人のいない街を歩きたまえ。自分の靴音《くつおと》だけを聴きながら、運河に沿って、建物の壁に沿って歩くのだ。橋の上で、下の水の流れを、両側の寝静まった窓を見るのだ。そして、自分の心とだけ話す」

忠告 (二)

「きみはすでに、ルネサンス時代のヴェネツィアは理解している。この街が、繁栄の頂点に昇りつめた十五世紀までは理解しているはずだ。地中海を支配した、高貴で大胆不敵なあの時代のことだ。

しかし、きみがヴェネツィア史を書くなら、その頂点からくだりはじめる時代もわかっていなければならない。それには、アルビノーニをマルチェッロを聴きたまえ。もちろん、ヴィヴァルディも。ヴェネツィアのもつ頽廃《たいはい》と憂愁がわかってくるはずだ」

リアルト橋

橋の上を、男と女が、こんな会話をしながら通り過ぎて行った。

「最初の男は、きみになんていったって？」

「ぼくは、きみの前でいつも裸でいるような気がする。利口なきみが、何でも見とおしてしまいそうだからって」

「フン、それにしても勇気のない男だ。じゃあ、二番目の男は？」

「話す時は、じっと目をみつめておはなし。それに、口に手をあてて笑うのは下品だって」

「教育されたね。じゃあ、三番目はなんていった？」

「きみは、ぼくがいなければ何にもできないんだねって」

「ハハ、だいぶ女になった証拠だ」

雪

驚くほど大きな雪が、運河の水面に、あとからあとから降ってくる。だが、水にふれたとたんに、クリームのように溶けてしまう。灰色の石の壁、暗い水、白い雪。その中を黒いゴンドラが、音もなくすべって行く。

冬のヴェネツィアは哀《かな》しい。

イタリア式運転術

高速道路を走っていて、ヴェネツィア・ナンバーの車を見たら注意せよとは、イタリアでの常識とされている。ヴェネツィアは、小さな島を舗装して、それらをタイコ橋でつないで作られた海に浮ぶ都市だから、当然のことながら、市内には車は入れない。自動車の影も見られないということでは、世界でただひとつの町であろう。ヴェネツィア人は、日曜祭日にだけ車を使う。というわけで、彼らの運転技術は、イタリア最低とされているのだ。

面白いことに、これと同じことが、今から五百年前のルネサンス時代でもいわれていた。もちろん、自動車についてではなく、当時の自動車だった馬についてである。ヴェネツィア人が、よたよたと馬に乗って行く図は、まるでマンガで、他地方の人々の笑いものであったらしく、今日にいたるまで、多くの風刺画が残されている。

では、自動車の普及度の一番高いトリノやミラノの人々が、最も運転が上手《うま》いかというと、それがそうともいえない。トリノにはフィアットの工場があるし、ミラノにはアルファ・ロメオがあって、自動車というものには慣れ親しんでいるはずなのにである。彼らは、イタリアの他の地方の人々に比べて働き者であるためか、規則を、これまた比較的にしても、尊重する気持があるらしく、交通規則はちゃんと守るのである。ところが、交通規則をきちんと守る人間は、えてして、他の人間も守ると思い込みがちだ。だから、ちょっとわき見をしていたりして規則を守らない人や車があったりすると、完全にお手あげになる。もろに、ぶつかってしまうのである。

これとまったく反対に出来ているのが、ローマの人々である。ローマは、古い古い都市だから、当然、道という道は、自動車に都合良くは作られていない。しかも、ちょっとでも地下を掘り、駐車場でも作ろうかとすると、たちまち遺跡にぶつかり、文化財保護委員会あたりから待ったがかかるので、旧市街内では、自動車は路上駐車するしかない。このためもあって、元来狭い道が、ますます狭くなるのである。

それならばこれら狭い道を、ゆっくりと規則正しく走るかといえば、そんなことは、ローマっ子の気分に反するのである。彼らは、自動車というものは速く走らせるものと思っているから、速度標識や信号には、やむをえぬ時だけ従い、折あらば、追い抜き割り込みをしようと、いっときも油断していない。ローマ市内を運転できるようになれば、もうどこに出してもやっていけるといわれるほどで、なにやら、生き馬の眼《め》を抜くとか、真剣勝負とかいう言葉が思い出されてくる。

こんな調子だから、さぞかし交通事故が多いだろうと、普通ならば思うところだが、それが不思議と少ない。時々、町中でひしゃいだ車を見かけることはあるが、怪我人《けがにん》といってもたいしたことはなく、死者などは皆無といってもいいはずだ。なにしろ、ローマっ子は、自分たちが規則を守らないのだから、他人が規則を守ってくれるだろうとは、期待できないのである。というわけで、常に油断怠りなく、臨機応変の処置がとれるのかもしれない。イタリアで最も運転の上手いのは、ローマ・ナンバーの車である。車間距離を、追突と紙ひとえに置くにいたっては、まさに芸術的でさえある。

ローマでは、歩行者もまた、車に負けないほどのしたたか者である。横断歩道も信号も、無視する機会を狙《ねら》ってでもいるかのようだ。だからかもしれないが、信号が青であっても、安心して左右も見ずに渡るということはない。だいたいからして、車とか信号とか、機械で出来ているものを信用しないし、まして車にいたっては、生身の人間が運転しているのだから、それこそ頭から信用するわけにはいかないとでも思っているらしい。おかげで、これまた事故というものが、ひどく少ないのである。

私も、数年のローマ生活によって、どうもローマっ子的になっていたらしい。ドイツから来た日本人に、こういわれた。

「あなたみたいに道を横切っていると、ドイツでは轢《ひ》かれちゃいますよ」

彼の言葉は、ドイツへ行ってみて実感できた。ドイツ人は、イタリア人とは正反対に、規則を守ることの好きな国民だ。だから、信号が赤になっていると、横断歩道には人影もなく、交叉点《こうさてん》の右にも左にも車がいないという時でも、車はきちんと停車している。イタリアに慣れている私などは、それを見て感動したくらいである。

ところが、ここまではいいのだが、信号が青に変るやいなや、広い道路いっぱいに停車していた車が、まるで自動車レースの出発の時みたいに、いっせいに走り出す。遅れた歩行者が、横断歩道の途中で立往生していても、そんなことはかまやしない。歩行者の方が悪いのである。また、交叉点の左右に車が見えても、速度を加減するでもない。規則は規則、守らない方が悪いのだと信じきっているかのようだ。

この様子を見ながら、私は考えこんでしまった。信号機が故障していた場合は、いったいどうなるのだろう。前に停車している車が信号が変ったからといって、直ちに走り出してくれるという保証もないではないか。それに、右から来た車に乗っている人が、注意を怠って信号を見るのを忘れたり、気分でも悪くて、ブレーキを踏むのが少しでも遅れたような時は、大事故が起きる可能性だってあるはずだ。

ローマに代表される、イタリア的気質も困りものではある。だが、一方、柔軟性に欠けるドイツ的生き方も、そうそう安心できたものではない。とすれば、これらラテン気質とゲルマン気質を合わせ、二で割ったくらいが、ちょうどいいんではないかと思いだした。すなわち、規則正しく器用な日本式が最も無難な行き方ではないかと。

ところが、帰国してみると、こんな私の期待は、幻想もはなはだしいということがわかったのである。

手を振って、タクシーを止めようとした時のことだ。車の中には客の姿も見えないのに、タクシーは止るどころか、何台も何台も、走り過ぎていくばかりである。これこそ、例の悪名高い乗車拒否というものかと、しばし感慨にふけっていたが、それにしても、タクシーというタクシーが全部走り去るので、また、空車という標示も出ていないしと不思議に思いながらも、あきらめずに手を振り続け、今度は、眼を皿のようにして、車内に注意した。そうしたら、いた、いた、乗客はいたのである。ただし、みな一様に、後部座席の背にへばり着いている。これでは、外からでは頭の先しか見えず、いないと思ったのも無理はなかった。ははあ、これがあの、高名なムチウチ病への対策というものかと、私は、都会に出たてのおのぼりさんよろしく感心したものである。と同時に、やれやれ必死なんだなあと、ひどくおかしくもあった。

だが、笑った私も、感心して笑っているどころではない時がきた。帰国してしばらくは、普通に坐っていたのだが、ある日、交叉点で待っている時、私の乗っていたタクシーが、信号が変っても走り出さない前のタクシーに追突し、前のタクシーの乗客の頭が、がくりと前へかたむき、一瞬後その反動で、激しく後ろに倒れるのを目撃した。あれからである。私はもう、外見も何もかもかまっていられない気になり、他の人々と同じように、やもりみたいに後部座席にへばり着くようになったのである。

ところが、イタリアへ戻ってきても、へばり着く癖は抜けなかったとみえ、しばらくの間は、タクシーに乗るたびに、イタリア人の運転手に問いかけられた。

「シニョリーナ、気分でも悪いんですか」

村の診療所から

今日、医局で、先輩の助手に呼ばれ、代りにモンタイオーネの診療所に行ってくれないかといわれた時、ぼくは正直いって興奮してしまった。彼が夏の間、診療所勤務をするはずなのだが、どうしても一週間だけ都合がつかないからというのである。ぼくは承諾した。

そしてその日一日中、ぼくは、緊張のあまりの興奮で落着かなかった。いかに医学部を卒業したばかりで医局のしっぽに列するぼくとはいえ、医者は医者ではないか、片田舎の、名前も聞いたこともないモンタイオーネの診療所に行けといわれたぐらいで、とたんに落着かなくなるたあ、なんてえざまだ、と自分にいいきかせはしたのだが、効果はない。

だが、少々自己弁護させてもらうと、興奮するのも無理はないのだ。はじめて、分娩室《ぶんべつしつ》の勤務を命ぜられた日も、同じような具合だったんだ。ぼくは前夜から緊張し、その日は、純白のシャツ、ズボン、靴《くつ》といういでたちで、意気揚々と分娩室に入った。十二時間勤務の担当医師は二人で、先輩と新入りの組み合せになっている。その日は、五人の分娩が予定されていた。しかし、先輩は、コーヒーを飲みにいったり実験室に閉じこもったりで、分娩室にはほとんど居着かない。ぼくは一人、看護婦の手前、ひとかどの医者のような顔をして、悠々《ゆうゆう》とマンガなんかを手にしていたが、心中はドキドキが止《や》まなかった。

いっこうに産れる様子もないので、食堂へ昼食を摂《と》りに行き、半分ほど食べ終った時、看護婦が呼びにきた。ドットーレ、はじまりですという。ぼくは、とるものもとりあえず、あわてふためいて、産婦人科病棟に向って走り出した。ところが、分娩室に入ってみると、もう産れちゃったというのである。しかも二人も。二人とも超安産で、赤ん坊は異常もなく、産婦は、ベッドの上で二人しておしゃべりしている。慣れた看護婦たちが手ぎわよく事後処理をしてしまったので、ぼくは、手も出せずにつったったままだった。午後に産れた他の二人は、今度は反対にひどい難産で、ぼくのやったことといえば、先輩を探しに、カフェ、実験室と走りまわったことだけだった。落着いて処置をする先輩の助手をしたのは、経験量からいえばぼくとは比較にならない看護婦の方である。最後に残った一人は、安産でもなんでもないという程度だった。先輩はぼくに向って、きみははじめてかね、といい、ぼくがそうだというと、じゃあやってごらん、という。ぼくは、麻酔係に、局部麻酔の指示を与えた。そして、時間を計りながら、メスを取った。ところが、せめてそばで見ていてくれると思った先輩は、そのまま分娩室を出ていってしまった。あとに残されたのは、ぼくと看護婦だけだ。ぼくは、えいここまできたらとふてくされ、切開し、赤ん坊を取り出したのち、もとどおりに切開箇所を縫い合せた。手伝ってくれていた中年の看護婦は、おめでとう、はじめてにしては上手《うま》かったわよなどと、本気なのかからかっているのかわからないことをいった。

一カ月も過ぎると、ぼくもだいぶ慣れ、あわてふためいて先輩を探しに駆けまわらないでも済むようになった。しかし、子宮ガンの手術などは、手術している教授の頭越しに、ただ眺《なが》めるだけである。

それにしても、今までは誰かがいた。先輩を呼ぶことも出来たし、看護婦だっていた。しかし、片田舎の診療所の医師ともなれば、自分一人で何もかも処理しなくてはならない。責任も、ぼく一人が負うことになる。しかも、産婦だけにかまっているわけにもいくまい。どんな病人が連れこまれるかわからないのだ。

ぼくは、部厚い本を二冊買った。一冊は、応急処置法の字引みたいな本で、他の一冊は、全薬品の目録である。大学では、この病気にはこういう成分の薬を使えとは教えてくれるが、そういう成分の薬が、どんな名称で、どこの薬品会社から発売されているかまでは教えてくれないのだ。必要経費とやらがだいぶかかったなと思う。

いよいよモンタイオーネへ発《た》つという前日、普段は声もかけたこともない主任教授が、医局に入ってきてぼくを呼びとめ、いった。

「人間の身体というものは、われわれが考えているよりはよほど精巧に出来ているものだ」

つまりはぼくに、あまり下手にいじるなといっているのである。これが激励の言葉かなあ。

翌朝、フィレンツェから五十キロ離れているというモンタイオーネに向って出発した。白衣、前記の本二冊、血圧測定器、聴診器やらなにやら、それに暇な時のために、推理小説を何冊かまで積みこむ。

フィレンツェの市街が眼下にかすむ頃《ころ》に、道は、キアンティ地方に入った。さすがに周囲は、ブドウの樹《き》が延々と続く。その向うに、灰緑色のオリーブの林、丘の稜線《りょうせん》には、濃い緑色を青空に突き刺す糸杉の並木が見える。ルネサンス時代のしっとりとした建物が立ち並ぶフィレンツェの街も美しいが、トスカーナの田園も悪くはないなあ、と感心する。それにこのあたりは、有名なブドウ酒の産地だ。キアンティ酒の一びんに田舎料理を味わう絶好のチャンスだと、ぼくは、緊張感も興奮も消え、だいぶ落着いて楽しい気分になってきた。

道をたずねたずねしてたどり着いたモンタイオーネは、まったくひとにぎりの町だった。これなら病人も少ないだろうから楽だな、と思う。ところが、出迎えてくれた診療所長、といっても彼一人だけで、所員も看護婦もいないのだが、その彼に、診療受持区域には、モンタイオーネの町の他に、あと五つの村がふくまれていて、それらの村は、互いに三キロから五キロは離れていると聞き、驚いてしまった。もちろん、町からもそのくらい離れているのだ。これはたまらないな、と思う。

診療所長というのは、四十にはまだ間があるという男だ。ぼくに、カルテの束を渡してくれながら、薄笑いを浮べてこういった。

「だいぶげんなりした顔つきになりましたな。わかりますよ、わかります。こんなところの医者になるには、よほどの使命感に燃えているか、または金《かね》のためかと、きみは考えているんでしょう。金のためですよ。それしかない」

彼はぼくに、豪勢なヴィラのうつっている写真を見せながら続けた。

「これは私の別荘です。この片田舎で百姓相手に仕事して、ようやく建てたものですよ。百姓たちは皆保険に入っているから、なにも彼らからしぼりあげたわけではないですがね。サルデーニャ島のアガ・カーンの別荘の近くですよ。あのあたりは、社交界一流の連中が来ますからねえ。私は今から、そこに避暑に行くんです。

きみに一週間の代理を頼んだという男は、私とは大学の同級生だった。あいつは私と違って、優秀でしたがね。だがそれにしても、未《いま》だに大学に残っているおかげで、私がアガ・カーンの近くで夏休みを楽しむというのに、彼は、こんな片田舎で私の代理をしてアルバイトをしなくてはならない。教授の座を狙《ねら》って必死なんでしょうが。

きみはいいですよ、まだ若いんだから。医局でただ働きさせられるのもいいでしょう。今のうちはね。だがあいつは、結婚して子供もいる身ですよ。大学でくれる給料なんて高が知れている。自分たちは勉強を続けているなどと私らを馬鹿《ばか》にするが、実体は哀れなもんじゃないですか」

ぼくは、苦笑しながら聴いていた。彼のいうことは、ほんとうのことなんだ。ただし、一流社交界とかアガ・カーンとかは、ぼくにとっては推理小説よりも興味のない存在なので、その面ではあまり説得力は持たなかった。

家族は先に発たせたという彼を送って、診療所の入口まで出たぼくに、彼は、まだ薄笑いをうかべたままで、もう一度いった。

「かせぎは、きみの働きしだいですよ」

この、働きしだいという言葉の真意を理解するには、たいした時間はかからなかった。

診察室にもどってきて、カルテをめくりはじめて驚いた。単語しか書かれていない。それもごく簡単に数語。彼なら患者の一人一人を充分に知っているからだろうと、善意に解釈することもできるが、これではぼくには見当がつかない。こんなことなら、あの長話を拝聴する代りに、カルテの説明をしてもらうんだったと後悔したが、後の祭りだ。一人一人診察のやり直しだ、と腹を決める。

そんな時、一人の男が、のっそりと診察室の入口に立った。そして、毒蛇にかまれたという。正直に白状しちゃうが、その瞬間のぼくの心臓の鼓動は、毒蛇にかまれたというこの男のよりは、よほど激しく打っていたにちがいない。なんでまた、よりによって最初の患者というのに、もう少しましな病気を持ってきてくれればいいのに、とうらめしくなった。それでも気を落着けて、いつ頃かまれたのかときいた。男は、狩りに出る時教会の鐘が鳴っていたから正午で、それから一時間ほど歩いて林に行き、しばらく歩きまわってだから、二時頃だと思う、という。ぼくはすばやく時計を見た。針は、三時十分を指している。毒蛇にかまれたとすると、しかもここまで走ってきたのだから、毒のまわりはずっと早いとして、この男はすでに冷たくなっているはずだ。だが念のために処置をし、注射を打った。そして、ほんとうに毒蛇か、普通の蛇じゃなかったのか、ときく。男は、にわかに自信をなくしたような顔つきで、毒持ちじゃなかったかもしれない、といいだした。しかし、油断はならないので、一時間したらもう一度寄るようにといい、彼を帰した。その直後、そういえば応急処置の本を、わざわざ大金を払って買ってきたじゃないかと思い出す。これを忘れていたのは、ぼくもよほど気が転倒していたなと自省する。急いで車のところへ行き、立ったまま本を開いてみて、ぼくの処置が間違っていなかったことを知り、ほっと安心した。

夕方になるまで、診療所にいた。毒蛇以外、患者はゼロである。まずは平穏無事に済んだと、あらかじめ予約しておいたホテルに帰った。ホテルといったって、町にこれ一軒しかないんだが、主人は、先生にはガリバルディの泊った由緒《ゆいしよ》ある部屋をお取りしておきました、という。その由緒ある部屋は、最上階の三階にあり、もちろんエレベーターなんて文明の利器はない、教会の並びで、広場に面している。イタリア征服戦中にガリバルディ将軍が泊ったというなら百年前の話だが、何もかもその時から、少しも変ってはいないんじゃないかと思った。浴室なんてものもない。便所も、二階まで降りて行かなくちゃならない。由緒もへったくれもあるもんかと思ったが、他の部屋も同じようなものだといわれ、我慢することにした。

夕食は、階下にあるレストランで摂る。きじやほろほろ鳥の丸焼きはなかなかいける味で、ここで満足できるのは食事だけかなあ、と思った。近くのテーブルで食事していた若い男が、ぼくを見て、薬剤師だと自己紹介した。彼も夏休み中の代理で、普段は、フィレンツェのドゥオーモの前の薬局に勤めているという。お互いに大変ですなと、いわずもがなのことをいいやがった。

九時を過ぎると、路上に人影もなくなる。ぼくは、少々疲れていたので、眠ることに決めた。ピジャマに着がえ終った時、小便がしたくなった。もう一度服を着けて二階の便所までいくのもめんどうだと、窓からしちゃうことにした。この部屋には二つ窓があり、ひとつは広場に面し、もうひとつは、細い道ひとつへだてて隣の教会の壁に面している。ぼくは、教会側の窓からやりだした。ところが、しゃあしゃあと、ひどく音がひびくではないか。しかも、長々と余韻まで残して。これにはさすがのぼくもまいって、すぐに止《や》め、急いでコップの中にし、それを今度は、なるべく遠くの方へと投げ捨てた。それもまた、さあっと、冴《さ》えた音をまわりにまき散らす。しかし、少なくとも一瞬のことだから、まだしも気が楽というものだ。ガリバルディは、どうやってしたのかと思う。キリスト教会を眼《め》の敵《かたき》にしていた彼のことだから、教会の壁に向って、勢いよく発射したのかもしれない。

次の日は、診療地域内の五つの村の診療所めぐりの日にあたる。それぞれの村で、時間を決めて患者が待っているということなので、地図を片手に、森や畑の中の道を行った。最初の村に着いた。あらかじめ受け取っていた住所を探して行くと、診療所とは、なんと雑貨屋ではないか。田舎の村によくあるやつで、なにもかも売っている店だ。その雑貨屋の店先で、黒ずんだテーブルを前にして、患者たちが待っていた。頭上から、ハムやソーセージのたれさがっている下に坐《すわ》る。カルテを取り出し、まず最初の患者に向った。ところがすぐに気づいたことだが、こんな衆人環視のうちで、診察など出来たものじゃない。どうりで患者の方も、診察してもらおうとも思っていないらしく、すぐに、薬の処方箋《しょほうせん》を書いてくれという。カルテによれば、高血圧症だ。ぼくは、無理にうでをまくらせ、血圧を測定した。平常だ。しかしカルテには、これまでの測定値も書いてないし、患者の方も知らないという。ぼくはあきれはてたが、彼がいつも服用している薬の処方箋を、書き与えるよりしかたがなかった。心中では、もう薬の服用は必要ないんじゃないかと思うが、これまでの経過がわからないのではやむをえない。

二番目の患者は、虫歯を見せ、抜いてくれといった。ぼくは、これにもあきれはて、モンタイオーネの町には歯科医がいるのだから、町まで行って抜いてもらえという。だが彼は、しごく不満そうに、いつもの先生なら抜いてくれるといった。いくら田舎の診療医が何でも屋の医者でも、抜歯の器具も事後処置も充分に出来ないのに、歯科医の代りまでするわけにはいかない。ぼくは、がんこに、町の医者へ行けといってゆずらなかった。彼は、ふくらんだ頬《ほお》をますますふくらませて、あいさつもせずに出て行った。

もうこれで患者は終りかと思っていると、まだいた。待っている間に、買物をしているのだ。なるほど、雑貨屋と同居というやり方も、なかなか合理的だなと少々感心する。この女の患者も、チーズやら何やらたくさんかかえて、ぼくの前に坐るやいなや、いつもの薬をくれという。風邪薬のことだ。カルテを見れば、これまた完全な白紙で、姓名と年齢の他には薬の名しか書かれていない。

ぼくは、熱を計る。三十六度五分。声も異常はないし、診察もしないで、風邪をひいたといわれただけで処方箋を書くわけにはいかない。それでも、何か他に異常があるかもしれないから、明日、モンタイオーネの診療所まで来るようにといった。そうしたら彼女は、あの薬を飲んでいると調子がいいんだから、処方箋さえくれればいいという。そのうえ、いつもの先生だと、何もいわずに書いてくれたとつけ加えた。ぼくは、またもがんこにノーという。変な医者だというような顔をしながら、彼女は、それでも明日の午後の診察を承知して帰っていった。

ようやくこれで、最初の村は済んだ。雑貨屋のおやじが、先生はずいぶんと時間をかけなさるねえ、いつもの先生だと、三分で終ってるところだ、といった。三分間とは、患者の顔を見て、処方箋を書きとばす時間か。あの男が、かせぎはぼくしだいだといったが、処方箋を一枚書く毎《ごと》に五百リラ、保険組合が払ってくれる。患者の数と処方箋の数をこなせばこなすだけ、保険医の収入も増えるというものだ。患者の方だって、健康保険のいきわたっている現在、診察も薬もただなのだから、もらわなきゃあ損、と思っているのかもしれない。

次の、そしてその次の村でも、同じような情景がくり返された。チーズの塊やソーセージの下で、患者たちは薬を要求し、ぼくは、がんこにノーをくり返すのだ。どこの村でも五、六人は待っていた。その中で問題になりそうなのは、一人もいればよい方だ。これが、一週間に二回の診療スケジュールの結果なのだから、考えさせられる。それでも最後の村には、診療所と札がかかげられた一室があった。といっても中にあるものは、シーツもない鉄のベッドと、赤チンとヨード・チンキだけだった。これが、病人が少ないという証拠ならば祝福すべきことなのだが。

町へ帰って遅い昼食を摂っていたら、ホテルの主人、すなわちレストランの主人が、気の毒そうな顔で来て、先生、急患です、という。きいてみると、子供が高熱を出しているとのことだ。ぼくは、食事を中途で止めて、町の郊外にあるというその家に車を飛ばした。ベルの音に応《こた》えて出てきた母親らしいのに、病気の子供はときくと、あれだと、廊下を走りまわっている子供を指さした。不審に思いながらもその子を連れてこさせて、まず熱を計った。

三十七度。舌を出させてみたが、これも異常なし。母親に、今は元気らしいが、昼食前までの子供はどうだったのかとたずねた。母親は、同じような調子だったが、私が洗濯《せんたく》していてふと子供にさわると熱があったので先生を呼んだ、と答える。ぼくは、声が荒々しくなりそうなのを無理に押えて、いった。

「奥さん、六歳の子供に三十七度ぐらいの熱があったからといって、急患あつかいにしないでください。ほんとうの急患が出た時はどうします」

彼女は悪びれる様子もなく、家《うち》ではいつもそうするんだといい、先生もここまで来たんだから、ついでにお祖母《ばあ》さんも診てくれ、ときた。そのお祖母さんというのはときくと、外にいるという。窓から見降ろすと、勢いよく声をかけながら、にわとりにえさをやっていた。ぼくは、ついに我慢しきれなくなり、いった。

「お祖母さんには、明朝、診療所へ来るようにいってください。ここから町までは、一キロしかないのだから」

子供に薬を与えたいから処方箋を書いてくれという母親に、薬を与えるのは医者のぼくが判断します、それに子供にはやたらと薬を飲ませない方が良い、とだけいい、ぼくは出てきてしまった。

これと同じようなことは、あれから五、六回はあった。ぼくはそのたびに、ほんとうの急患かもしれないと、食事を中途で止めたり、寝ているところを起されたりしながらも、〝急患〟を診に行ったのだ。いつか、レストランの主人が、いわゆる急患診療から帰ってきたぼくに、冷めた料理をもう一度暖めて出してくれながら、診療所の先生は、いつも急患のたびに、五百リラ払わせていた、といった。ぼくも、そうしてやろうかしらと思う。だが、五百リラ（日本での価値は二百円ほど）かそこらを、この手にもらう気もしない。

医者が堕落したから人々が尊敬しなくなったのか、人々が尊敬しなくなったから、医者が金もうけばかり考えるようになったのかは知らない。ぼくは、医者が好きでこの道を選んだ。だが、呼び出して靴《くつ》をみがかせられるような待遇を受けて、それでも処方箋で五百リラ、急患に五百リラ、その他に診察代として保険組合からいくらと金を集めるには、ぼくの誇りが許さない。それとも、これは若い医者特有の世間知らずのためで、他の医者は、もう何も感じなくなっているのであろうか。

夕食をしているぼくを見つけた薬剤師が、近づいてきていった。

「先生、困りますねえ。薬を買いにくるのがやたらと少ない。先生は、それでも診察代をもらうからいいが、こっちの商売はあがったりですよ。医者も、薬剤師に協力してもらいたいものですな」

ぼくは、そいつを睨《にら》みつけて、返事もしなかった。薬剤師は、足音荒く出ていった。

その時、レストランの奥で食後の酒でも飲んでいたらしい七十年配の老人が、その年齢にも似合わない元気な足取りで近づき、同業者だと自己紹介し、食後のコーヒーを飲みに家へ来ないかと、ぼくをさそった。

彼もまた、ぼくが代理をしている男と同じように診療所医なのだそうだ。彼の方が町の大部分を受持ち、サルデーニャへ避暑に行っている方が、町の残りと五つの村を受持っているとのこと。どうりで町中の急患の呼出しが少なかったはずだ。

この老医は、長らくボローニャで医者をしていたのだが、もうそろそろ隠居の頃、ボローニャも車の混雑が激しくなって、往診も苦だと、ちょうどモンタイオーネの診療所医を求めていることを知り、ここに移ることにしたのだという。コーヒーをすすりながら、彼は話す。

「子供も、医者にしたいと思っていたが、放っといたら、一人はエンジニアもう一人は演劇と、まったく親父《おやじ》とは違う方向に進みましたよ。それでも、何とかやっていっているし、古女房も田舎は嫌《きら》いでもなし。私は私で、狩りが趣味なもんで。この辺は、狩人《かりうど》の別天地ですからね。満足しているんです」

こんなことをしゃべっていたら、奥さんがにこにこしながら入ってきて、あなた、いつものロッシさんよ、という。見ると、入口の扉《とびら》の陰に、一人の中年の男が、遠慮がちに両手で鳥打帽をにぎりしめて立っていた。老医は、入れ、入れという。患者かと、ぼくは座をはずそうとしたら、老医は、手まねでそんな必要はないといい、男に、この人も先生だからね、といった。

老医の前に坐らされた男は、まだ両手で鳥打帽をにぎりしめたままで、先生、また胸がドキンドキンするんです、という。老医は、フンフンとうなずきながら、脈を取りはじめた。それを終えた彼は、ぼくをふり返りながら、心電図は、カステルフィオレンティーノの病院まで連れていって、何回も取ったんだがね、異常はまったくないんですよ、という。そして、もう診察するでもなく、男としゃべりだした。男は、少しずつ元気になってくる。

「ブドウの出来はどうかね」

「先生、とってもいいですだ。こうカンカン照りじゃ、去年に続いて豊作だあ。きっと美味《うま》いブドウ酒がとれるだよ」

「オリーブ油がなくなったって女房がいってたよ。少しとどけといてくれるかね。お前んとこのは、緑色でこくがあって、あれに比べると他《よそ》で売ってるのなぞ、黄色でさらっとしていて、まるでオリーブ油じゃなくて、なたね油みたいだからなあ」

男はますます元気になり、じゃあ壺《つぼ》に取っときましょうといい、帰って行った。その後で老医は、笑いながら話した。

「あの男には、何の薬も役に立たんのですよ。よくどこかが悪いといってくるが、どこも悪くはない。なにしろ、女房の尻《しり》に敷かれっぱなしでね。おとなしい男だから、それをどうにかする、はけ口もないんですな」

ぼくは、この老医の家を出て、無人の道をホテルまで帰りながら、なんだかこの二、三日のうっとうしさが、だいぶ晴れたような気分になっていた。

夜半過ぎ、夢うつつに遠くで鳴るベルの音をきいたように思ったら、主人が、部屋の扉をたたいた。急患である。呼びにきた者が、階下《した》で待っているという。ぼくは急いで仕度して、下に降りた。入口に、黒い影が立っている。ぼくが近づくと、黒い影は、妻が産みそうだといった。

ぼくは、一瞬、有頂天になった。やれやれ、やっとぼくの守備範囲に球が来たぞ、と思ったのだ。だが、すぐに正気にもどった。質問したいことはたくさんあったが、まずは、一分でも早く現場に着くことだ。男は、車で来たというが、その車を夜目に見ても、あまりのボロさに怖《おそ》れをなし、途中でエンコするよりもと、ぼくの車で行くことにした。男を助手台に乗せ、道を教えろといっておく。

星が降るような夜空の下を行きながら、この無口な男からこれまでの情況をききだすのは、並たいていの苦労ではなかった。男が無口なのは、この地方の人間でなく、トスカーナ地方の農民たちが田畑を捨て、ミラノなど都会の労働者になって出て行った後に、南イタリアから移住してきて、イタリアでは標準語となっているトスカーナ方言をしゃべれないため、つい無口になってしまったのだろう。このために彼ら夫婦は、近所づきあいもなく、妊娠中に診療所で診察を受けることさえしていない。ただし、この男の話によれば、彼の母親も、細君の方の母親も、ほとんど産婆《さんば》の助けなしに何人もの子を産んだのだから、妻も一人で産めると、夫婦して思っていたのだそうだ。ところが今夜、あまりに苦しがるので、医者を呼びに来たというわけだ。ぼくは、あきれはてて声も出なかった。いつ頃妊娠したのかときいても、彼は、はっきりしないと答えるだけである。そうこうするうち、男は、着いたという。見ると、丘の上にポツンとある一軒家がそうらしい。周囲は、畑ばかりで、しんと静まりかえっている。

家に入った。あかあかとともった電燈《でんとう》の下で、産婦が、ぐっしょりと汗をかいて横たわっている。見れば、ずいぶん若い女だ。時折、鋭い悲鳴をあげるのもかまわず、すばやく診察する。消毒も期待できない場所だ。万一の時のためにと、フィレンツェを出る時、大学病院からプラスチックの手袋をしっけいしておいたのが、今になって役にたった。完全に、月満ちて、というやつだ。もうまもなく産れるだろうと、男に、湯をわかすようにいう。

だんだん悲鳴の間隔がちぢまってきた。こういう時、医者は何も出来ない。せめて、もう少し前に知らせてくれていたなら、カステルフィオレンティーノの病院に連れて行けたのだが、今になっては、ここで産れるのを待つしかない。病院でないかぎり、麻酔係はいないから、産れやすくするための切開も出来ない。自然に産れてくるのを待つだけだ。ぼくは、奥さん、大便をする時みたいにふんばればいいんです、などといい、手をにぎってやりながら、心中では、教授の言葉を呪文《じゅもん》のようにくり返していた。人間の身体は、われわれが考えているよりは、よほど精巧に出来ているものだ！　よほど精巧に出来ているものだ！　と。

遠くの山の峰がうす赤く染まる頃《ころ》、男の子が産れた。お腹《なか》の中にいた頃かまわれなかったにしては、ひどく元気のよい赤ん坊だ。無口でのっそりした夫は、汗だらけの妻のひたいを拭《ふ》いてやりながら、そっと口づけしてやっている。

ぼくは、事後処理について夫婦に指示を与え、偶然にもカバンの中に入っていた飲用の回復剤を置いて、帰途についた。明けの明星《みょうじょう》が、まだキラキラと輝いている。ひどく冷えるのに、その時になって気づいた。

今日一日限りで診療所勤めも終りというその日、ぼくは、ついに死亡診断書を書かねばならぬ羽目になった。

三日も前から、診療には行っていたのだ。だが、九十歳の老婆で、もう骨と皮ばかりになっていて、ろうそくの灯《ひ》が消えるように、死ぬのを待っているような状態だったのだ。娘二人との、老婆三人のくらしだった。娘といっても六十歳を越していて、一人は未亡人、もう一人は未婚のままだ。モンタイオーネの旧家で、幽霊が出そうな古びた家に、きじを養殖しながら、ひっそりと老婆三人が住んでいる図は、あまり楽しい見物ではなかった。未婚の方は、とても礼儀正しくしっかりした女で、彼女が事実上、この没落旧家をささえているらしい。だが、未亡人の方は、やたらとぐちっぽく、ぼくに、昔のことを何かと訴えたがるのには、まったくへいこうした。

老いた母親が死んだ日、ぼくは、午後中、病床につきそっていた。もはや何も打つ手はないと知りながら、時折、注射を打つ。午後の五時頃、僧侶《そうりよ》がやってきた。ぼくが、病人の脈を計っている反対側で、坊主《ぼうず》は、瀕《ひん》死《し》の病人に、地獄へ行かないために、最後のざんげをしろといっている。病人には、もはやざんげを口にする力も残っていない。それを見た坊主は、自分で適当に罪をでっちあげ、そうでしたねとかいって、病人がうなずいたようだとみるや、次の罪に移る。こんな風にして、どうにかざんげが終ると、終油の秘蹟《ひせき》だ。それも、適当に終った。

病人の息が止る。ぼくは、ベッドの左側から病人にかぶさるようにして、胸をまさつしはじめた。坊主は、ベッドの右側に立って、何と、死者への祈りなどとなえはじめた。ぼくは、まさつを続ける。すると病人が、息を吹き返した。坊主は、それを見るや、祈りをやめた。また、病人の息が止る。坊主の奴《やつ》、ふたたび祈りをとなえはじめた。ぼくは、脈を取り、注射をし、胸のまさつを続ける。病人が、わずかな息をしはじめる。坊主は、祈りをやめ、やれやれという顔つきをして、手を組んで待っている。ベッドのわきを動こうともしない。ぼくは、奴を睨《にら》みつけてやった。病人の右と左で、黒衣と白衣が、互いに敵意をこめて睨みあっているうちに、時が過ぎた。ぼくは、黒衣に、ついに舞台をゆずらねばならない時が来たと知った。そして、わきの部屋で死亡診断書、ぼくの書くはじめての死亡診断書を書いたのだ。

以上が、診療所医としてのぼくの一週間の体験である。このぼくの仕事に対しての評価は、診察回数と書いた処方箋《しょほうせん》の数によって、健康保険組合の事務員あたりがくだしてくれるのであろう。

未完の書

　しばらく前から、私の机の上の片隅《かたすみ》に、一冊の書物が置かれたままになっている。研究論文風の質素なつくりの三百頁《ページ》に足りないこの書物は、ルネサンス時代のイタリアの小国、ファエンツァの一時期について書かれたもので、今から六十年前の一九一二年、当時二十八歳の一青年によって書かれた。

　内容はすばらしい。徹底した原史料研究は、郷土史家にしては珍しいほどの冷静な史観によって、明快に分析されている。それでいて、テーマに迫ろうとする著者の情熱は、溢《あふ》れ出ようとする極限で抑えられているので、全体をいわば、刀を青眼にかまえたような、見事な緊張感で引きしめている。若い人が書いたのだということは、すぐにわかるのだ。

　だが、この書物の著者アントニオ・ミッシローリは、二十八歳の時、彼の研究の一部でしかないこの一冊を世に出して二年後、自殺した。もし完成していれば、十五世紀末期の歴史研究に欠かせないものとなったであろうこの書物も、未完で終ったため、そのまま忘れ去られてしまったのだ。それが、半世紀以上も過ぎた今、私の手許《てもと》にあるのは、まったくの偶然からである。

昨年の秋、私は、取材のためにロマーニャ地方の古戦場跡を見に行き、その帰途、ファエンツァの町に立ち寄った。ちょうど昼食時だったからだ。広場のカフェで食前酒を注文しながら、そこの主人に、このあたりで地方料理を食べさせるレストランはどこかとたずねた。主人は、あそこにいる紳士に聞いてみましょうという。そういえば、人品いやしからぬとはこういう男に対して使う言葉かと思うような、一人の初老の男が食前酒を飲んでいるのを、その時になって私は気づいた。話は、こうしてはじまったのだ。

まず、料理、次いでファエンツァの特産品である陶器について。そしてふと私が、ファエンツァはアストール・マンフレディの町でもあると言った時、この男の眼《め》の色が変った。なぜ、マンフレディを知っているのかと聞く。五百年も昔のことを、しかもフィレンツェやミラノのような大国でもないファエンツァの歴史を、一人の日本の女が知っているのが不思議だったのだろう。私は、一年前にチェーザレ・ボルジアについて書いた時、当時のファエンツァについても少々勉強したのだと答えた。

その時の話は、これだけで終った。だが、昼食後のコーヒーを一緒に飲む約束をしていったんは別れた後、ふたたびカフェへ来た彼は、一冊の書物をかかえていた。そして、それを私に贈ると言いながら、語り出した。

「私が三歳の時、三十歳だった父は自殺しました。原因は、どうしようもない恋の悩みからです。親友の妻を恋してしまったのです。母はすでに、私を産み落とすとすぐ亡《な》くなっていました。この町の旧家に生れた父は、戦前から歴史に興味を持ち、一四八八年から一五〇一年、小国ファエンツァが、幼い当主アストール・マンフレディを守《も》り立てながら、周囲の強国の政治の犠牲になって滅びていく時代について研究を続け、その一部を、まず一冊の本にまとめたのは、彼が二十八歳の時でした。学界での評判もよく、父は、おそらく全五冊にはなったであろうこの研究を、次々と出版していく気であったにちがいありません。すでに、全体の構成は出来上っていたのですから。

しかし、最初の一冊が出版されて二年が過ぎようとするある日、幼い私をだいていた乳母は、偶然に怖《おそ》ろしい会話を聴いたのです。案内も乞《こ》わずに入ってきた一人の男が、父に向って語気鋭く、〝きみとぼくの間には一丁のピストルしか残されていない〟と言い、それに続いて、父の静かな声が、〝そうか、それもよかろう〟と答えるのがきこえ、男はそのまま立ち去りました。この男は、父が最初の一冊の第一頁に、〝最も親愛なる友、ガエターノ・バラルディーニに捧《ささ》ぐ〟とした、当の本人だったのです。

事件は、それから二日後に起りました。後に残されたのは、一冊の未完の書物と、膨大なノートの山だけでした。これは、小さな町では未《いま》だに語り継がれる醜聞です。私は、この醜聞の中で生きてきたのです」

この書物を持ってフィレンツェの家へ帰った私の思いは、ここには書くまい。それは、彼を、弱い男だと片づけてしまえなかった、私個人の感傷だから。だが、ひとつの思いだけは捨てることができない。いつか、この書物を完成させてみようかと思いはじめている。ただし、彼の書いた通りに翻訳はしない。彼が分析したものを、もう一度私自身のやり方で再構成する。そして、彼が未完のままにした後を続けるのだ。嫉妬《しっと》に狂った母親によって父親が殺されたため、三歳でファエンツァの当主となったアストール・マンフレディが、十六歳の時、チェーザレ・ボルジアの軍に対して、壮烈な籠城《ろうじょう》戦の末敗戦し、殺されるまでの、ルネサンス時代の一君主と、その彼を助けて滅びていく、一小国の歴史である。

トリエステ・国境の町

町の中心から国境までは、せいぜいがところ十キロしかない。だが、国境の町という言葉が与える緊迫したイメージや険悪な雰囲気《ふんいき》は、このイタリア最東北の町には、少しも見られない。国境の向うは、ユーゴ・スラヴィアである。

ヴェネツィアから汽車で二時間、アドリア海に沿って東北に進むだけなのに、ここトリエステの町には、ヴェネツィアの優雅な美しい町作りは影も落していない。灰色の石材を装飾過多に積み重ねた建物の並ぶ、東ヨーロッパ風の重苦しい町である。ウィーンによく似ている。オーストリア帝国支配下にあった時代の名残りであろうか。こんなうつ病にかかりそうな町に、ジョイスがなぜ住む気になったのか、いっこうに理解できない。といっても、『ユリシーズ』を最初の一頁で放りだしてしまった私だから、当然のことかもしれないが。

夏はまだいい。港町だから、前面に湖のように静かな湾が広がり、休日ともなれば、ヨットの白い帆がまき散らされ、レガッタが観衆を集める。波止場に着けない外洋航路の船が、いつも四、五隻《せき》、いかりを降ろしている。だが、冬ともなれば、秋がひどく短く、すぐに冬に入るのだが、ヴォーラと呼ばれる強風が、ユーゴの山を越えて、トリエステの町をたたきのめすような勢いで襲ってくる。風速はまさに台風並で、風のぶつかる四つ辻《つじ》などは、太い綱がはりめぐらされ、人々は、それを伝わってでなくては歩けもしない。この町の家という家はみな、二重窓になっているくらいだ。

この有名な風については、こんな話がある。

フランス大革命時代も、ナポレオン時代も、そしてナポレオンの没落後も生きのび、それが単に生きのびたというだけでなく、政府内の重要地位まで確保しつづけたしたたか者として有名なフーシェは、ここトリエステで死んだのだが、彼の葬式の日は、あいにくと、このすさまじいヴォーラの吹く日だった。遺体を収めた棺を運ぶ黒塗りの馬車が、静々と四つ辻にさしかかった時である。突然、風が正面から馬車を襲い、それに驚いた馬が、けたたましい叫びをあげ、前脚を高々とあげて荒れ狂った。馭者《ぎょしゃ》が、あわてて手綱を引きしめたが間に合わなかった。棺は地上に投げ出され、その勢いでふたが開き、死体がころがり出た。生前はフランス政界の大立者だったこの男の、豪勢な服につつまれた青白い死顔は、まだ荒れ狂っている馬のひづめに蹴散《けち》らされ、泥《どろ》の上を転々ところがった。馭者も葬列に従っていた人々も、これにはしばらくの間、手も出せずに傍観するしかなかったという。

私は、ツヴァイクの書いたという有名な彼の伝記を読んでいない。だから、ツヴァイクがどんな書き出しをしたのか知らないが、もし私が書くとしたら、この場面から書きはじめるだろう。世わたりの才能だけが優れていた、しかし、その生き方に品格というものを感じさせないフーシェの伝記の書き出しとしては、最もふさわしいではないか。

トリエステの町の中心から国境までは、わずか十キロの距離であることはすでに書いた。イタリアとユーゴ・スラヴィアを分つこの国境線は、最も開かれた国境といわれているほどで、実に簡単に通過できる。パス・ポートにぽんと印を押すだけで、税関吏にいたっては、停車しようとする車を、行け行けと手まねをし、通過させてしまう。

こんな風だから、トリエステの人々は、始終パス・ポートを持ち歩いていて、自動車のガソリンがなくなるや、国境を越えて補給に行く。イタリア国内では、一リットルが百七十八リラのところが、ユーゴに入ると九十リラなのだから、当然の話かもしれない。ただし、質の方はあまり良くなく、ユーゴガソリンばかり使っていると、エンジンの汚れが早いのだそうだ。ガソリンばかりでなく、コカ・コーラなんかも、イタリアの半値しかしない。総じて生活必需品は、ユーゴの方が安い。しかし、衣となると、また家庭電気器具なども、イタリアの方がずっと質が良く量も豊富で、イタリア人が国境を越えてガソリンを入れに行くのに比べて、ユーゴ人は、イタリアまで、衣装や器具などを買いにくる。土曜日ともなれば、トリエステの町には、大きなつつみを両手にかかえたスラブ系の顔々があふれ、赤い星のついたナンバー板の車に、それらを山と積んで行き過ぎるのが見られる。

こういう風景だけを見ていると、ふたつの国の国境としては、中道左派のイタリア現政府が自讃《じさん》するように、申しぶんない理想的なあり方と思えてくる。しかし、どの国境の町でもまぬがれることのできない悲哀は、ここトリエステとて例外ではない。ただし、イタリアとユーゴの二国の関係が最良の今、それは、政治から見捨てられたように、底に沈むしかないのだが。

フローラ・カンパニーレ夫人は、トリエステの町はずれにある原子力研究所に勉強にくる、各国の若い科学者相手の下宿屋を経営している。昔はさぞかし美しかったと思われる、五十歳近い女だ。下宿屋といっても、個室続きのアパートのようなもので、食事の世話まではする必要がない。それに、科学者たちだから静かだし、滞在期間も二、三カ月の、ほとんど手のかからない下宿人相手の生活は、世間離れがして、人間嫌《ぎら》いの彼女にも、それほど苦にならないのであろう。いつもは、親切で陽気だ。

だが、彼女の居間の壁に、緑色のタイルを張り合せて、何か半島のような形が作られてあるのを見て、あれは何かと問いかけた私に、夫人は、その灰色の眼を、たちまち涙でいっぱいにして話しだした。

「あれは、あれはイストリアよ。あの半島の先端の町ポーラで、私は生れ、育ったのよ。両親も、あそこに眠っている」

昔から、町から十キロの地点が国境だったわけではない。中世のヴェネツィア共和国統治下、その後のオーストリア・ハンガリー帝国領時代をへて、イストリア半島をふくんだ周辺の地方とともに、イタリア領にもどっていたのだが、第二次大戦中、トリエステの町までがユーゴの現大統領チトーに占拠され、国境問題の焦点となった。一九四四年、国連統治地域に指定されたが、一九五四年、イタリアの手にもどってきた時は、イストリア半島、トリエステの近郊までが、ユーゴの領内に入れられていた。フローラ夫人のように、故郷を失った人々が生れる。

国連統治地域であった頃《ころ》、彼女のようなイストリア出身者は、ユーゴ政府から退去を命ぜられたわけではない。だが、統治代行者であるチトー大統領は、イストリア半島の各町に、他の地方から集めた大勢のユーゴ人の農民を移住させ、イタリア人たちが、自然自然に住みにくくなるという、実に頭の良いやり方に出た。この頃から、将来に絶望したイタリア人が、少しずつ国境線を越え、トリエステに移り住むようになる。ユーゴ人は、本国に移るイタリア人に、財産持ち出しの限度を決めていたから、彼らは、家も田畑も何もかも、ほとんど置き去りにしてくるしかなかった。それでも、日毎《ひごと》に増えるスラブ系の民族にかこまれて、ラテン系のイタリア人は耐えられなかったのであろう。移民は、数年して、イストリア半島のイタリア人は数えるほどになるまで、続いた。

　では、こちらも国連統治地域だったトリエステにいたユーゴ人はどうなったのだろう、という疑問を誰でも持つ。国連統治地域とは、双方の民族が、双方の地域に混じり合っているために生ずる、国境問題を解決する方法のひとつなのだから、当然、トリエステにも、ユーゴ人は住んでいたのである。

　だが、彼らは動かなかった。国連統治時代が終って、トリエステがイタリア領と決るという時も、彼らは、ユーゴに帰ろうとせず、イタリア領内にとどまった。現在、ユーゴ領内のイタリア人七十人、イタリア領内のユーゴ人三万人といわれる。この比率の不均等は、トリエステに定着したユーゴ人のほぼ半数が、チトーの共産主義政府に反対する政治亡命者であるところからきている。その他の人々が、どんな理由で国を捨てたのかは、はっきりしない。トリエステの町をかこむ丘陵地帯には、多くのユーゴ人が住み着いていて、ユーゴの言葉があちこちで聞かれ、郷土料理の店まである。

　フローラ夫人は、一度だけ、国境通過が簡単になった時に、イストリアへ帰ったそうである。帰るというよりも、ポーラにあるかつての彼女の家が、どんな風に変ってしまったのかを、自分の眼で確かめ、望郷の思いを、どうにか始末したかったからだという。

　父が弁護士だった彼女の家は、ポーラでも、大きな立派なかまえで目立っていた。今では、

〝人民の家〟になっているその家の前に立って、彼女はなつかしさのあまり、せめて写真でも残しておきたいと、シャッターを切り続けた。

ところが、その〝人民の家〟の一部が、軍隊の事務所にでも使われていたらしい。写真をうつしている彼女を見て、四、五人の兵隊が飛び出してきて、写真機を開け、フィルムを引き出し、彼女を家の中へ連行した。そこで、上官でも呼びに行ったらしい兵隊と離れ、一人待たされている間に、彼女は、万感の思いを、もはや押えられなくなった。

勝手知った家の中である。彼女は、二階へ、わずか十五年前までは、家中の団欒《だんらん》の場だった二階へ、そして、娘時代の彼女の部屋のあった三階へと、階段を駆け登った。ここは父の書斎、あそこは両親の寝室、その向うは私の部屋とまわる彼女の頬《ほお》を、涙がとめどなく流れ落ちた。

家の中は、すっかり変っていた。部屋部屋をやわらかく飾っていたレースの窓かりは消え、花模様の壁紙は、ベージュ色の塗料で塗りつぶされ、母親が毎日ふきこんでいた家具の代りに、粗末な木の椅子《いす》が部屋を占領していた。

だが、心ゆくまで涙にくれることさえも出来なかった。彼女のいないことに気づいた兵隊たちが、荒い足音をひびかせて近づき、何やらわめきながら、下へ引きずりおろそうとしたのである。彼女は、抵抗しなかった。引きずられるままに、眼だけは変り果てた家の中を見やりながら、フローラ夫人はただ、空虚な笑い声をたてるだけだった。

ユーゴ人の将校の尋問は、簡単に終った。彼女は、フィルムを押収《おうしゅう》されただけで済んだ。もう年を取りすぎているからといって、彼女がトリエステに移った時もそのまま残った、かつての彼女の家の庭番の老人が近くに住んでいて、彼女のことを、ユーゴ人に証言してくれたからである。

あの時以来、フローラ夫人は、二度と、イストリアへ行きたいとはいわなくなった。ただ、小さな緑色のタイルをたくさん買い求め、それを使って、白い壁の上に、まるでブドウの房の型のようなイストリア半島を描いただけである。海に面している見はらしの良い彼女の今の家からは、湾の向うに、イストリア半島の西の端が見わたされる。だが、ポーラは、彼女の生れ育ったポーラは、幸いにも遠すぎて、ここからは見ることは出来ない。

ナポリと女と泥棒

数年前に、これと同名のイタリア映画が日本でも上映されたのを、読者の中にも覚えておられる方があるかもしれない。ひどく楽しい喜劇であったから。ただしその映画では、女は泥棒《どろぼう》する側なので、とてもかっこよい存在だったのだが、このエセーの中に、ナポリと泥棒とともに登場する女はかくいう私自身で、泥棒された側すなわち被害者であるため、映画の女とは違って、はなはだかっこ悪い存在となったのもやむをえない。読者の方には、我慢していただこう。

三年ほど前の話になるだろうか。私は友人と一緒に、観光客でごったがえす夏のローマを逃れ、南イタリア一周の自動車旅行に出かけた。そして、一カ月余り、美しい浜辺を通ればそこで泳ぎ、南イタリア一円に散在する古代ギリシアの遺跡にめぐりあえば、そこに一日を過し、夜は夜で、行きあたった町の安宿に眠る、という気ままな旅が、やっと終ろうとしていた時のことである。その日、サレルノを出発した私たちには、夕刻にローマへ帰り着く目的だけが残されていたのだ。

だから、高速道路をそのままローマへ向えば、これから書くことなど起らなかったのだが、ナポリへ寄って、名物のピッツァと、〝キリストの涙〟などという粋《いき》な名前のブドウ酒の昼食を摂《と》ろうとしたのがいけなかった。神罰てきめんである。

ナポリの下町に車を止めた私たちは、汚ないが有名な料理屋で、生チーズのふんだんにかけられたピッツァを食べ、ブドウ酒をたらふく飲んだ。キリストは何を残したか、この美酒を残した、それにしても、何と官能的な味の涙よ、などとたわ言を言い合いながら。ここまではよかったのだ。有名なナポリの泥棒を用心して、後部座席に荷物をいっぱい積んだ車は、料理屋の卓から見える所に置いていたのだから。

美味《おい》しい酒と料理に上機嫌《じようきげん》になった私と友人は、腹ごなしに、これも有名な泥棒市場をひやかしに行くことに、たちまち一致した。車は料理屋の主人に預けて行く。

泥棒市場は、そこから歩いて行けた。ナポリは、同じ港町でも、海岸通りに高級住宅街があり、段々と坂を登って高台になるにつれて下層階級の住む町が広がるアルジェとは違う。海岸通りは高級ホテルが並ぶが、その裏は貧民街で、高台は高級住宅街で占められるという町の作りなのだ。だから、別名泥棒市場といわれるナポリの貧民街は、すりばち状に港をかこむ町並のちょうど中間地点に、横に広がっていると思えばよい。

狭い石畳の坂道は、両側の窓から窓に張られたひもに、洗濯物《せんたくもの》が所せましと干されていて、ほとんど空をあおぐこともできない。それでも、南欧の太陽は、洗濯物の間を通って、豊かな陽光をふりそそいでいる。太った女たちが、大声をはりあげて、向いの窓の女に話しかけている。その下を、どうしてこんなに大勢いるのだろうかと思うほど、子供たちの群れが走りまわっている。身なりは貧しいが、これほど元気ではつらつとしている子供たちは、おそらくヨーロッパのどこにも見られないだろう。ナポリの子供は、世界のどの国の子供よりも、自然でやんちゃで子供らしい。

坂道の両側に、野天の店が並んでいる。ある、ある。外国タバコからスコッチウィスキー、それに、日本製のトランジスターやカメラに至るまで。しかし、これらの大部分は、スコットランド製でも日本製でもなく、ナポリ製だということを忘れてはならない。世界中のあらゆるものが、需要価値が増したとなると、たちまちナポリで作られるのだ。少々良心的なものがあるとすれば、それは香港《ホンコン》製なのである。私は、この市場に主役顔をしこのさばっているのが、日本製（?）のカメラやトランジスター・ラジオであるのを見て、日本工業もたいしたものになったなどと、奇妙な感慨にふけったりした。私たちはもちろん、そこでは何も買いはしなかった。私が外国人であるのを見て、「ミス、ミス」などといって、ウィスキーのびんを押しつけようとした子供はいたのだが。

「匂《にお》いをかいでごらん、本物だから」こういって、ポンと眼の前でせんを抜いて見せたこの子供には、思わず苦笑させられてしまった。ここまでは、まだよかったのだ。私たちは、人をだますことにかけては天下一品といわれるナポリ人を、だしぬいてやったという気持で得意になれたのだ。

ところが、これから先がいけなかった。いったん料理屋へもどって、預けてあった車に乗った私たちは、まだ陽《ひ》が高いのに気づき、もう一カ所見物することにしたのである。さっきひやかした泥棒市場からほど近いところにある、聖《サンタ》キアラ寺院の回廊が、その美しさで有名だったので、それを見ようと決めたのだった。

子供たちの群れが走りまわる狭い道を注意して車を進めた私たちは、眼指《めざ》す寺院にたどり着き、そこの門内に車を置くことができた。寺院の戸口のすぐ前が、自動車を置けるように、白い線で区切られていたからだ。午後という時刻のためか、車はひとつもなく、人影も見えないようだった。私たちはすぐ、寺院の裏にあるという回廊を見に出かけた。もちろん、車の鍵《かぎ》はちゃんと閉めた後で。

三十分とは過ぎていなかったと思う。回廊を見終って外に出た私たちは、車が中の荷物もろとも、影も形もないことに驚いてしまった。鍵をかけておいたことは確かだった。しかも、その車は、ハンドルを動けないようにする鍵まで附いていたのだ。では、どうやって車を動かしたのだろう。荷物もろとも車が忽然《こつぜん》と消えてしまった跡を見ながら、私の心中には、正直いって怒りよりも、なんと見事な！　という讃嘆《さんたん》の思いしか浮んでこなかった。

しかし、泥棒を賞《ほ》めていてもしかたがない。私たちは早速、その区域担当の警察へ行った。もちろん、盗まれたものが返ってくるのを期待しながらである。

応対に出た刑事は、まず、おおげさに両手をひろげ、いかにも同情に耐えないという風に、お気の毒です、といった。だがすぐに、まあこんなことは一日に五、六十件はあるんです、などと悲しいことをいう。それでも、古びたタイプライターで、調書らしきものを作りはじめた。まず、私が質問される。パス・ポートと少ない有金は、ハンドバッグに入れて持っていたので、その他の被害をきくわけだ。

宝石は？　こちらの答えはノー。カメラは？　トランジスター・ラジオは？　私の答えはいずれもノーである。どうも日本人らしくなくて、少々恥ずかしくなる。ではあとは何ですと聞かれる。私は、ビキニが三着、海浜着が二着、それに夏服の合計十着くらいと答える。

五十歳くらいのチョビひげの人の良さそうな刑事は、私の答えることをいちいち繰り返しながら、タイプに打つ。私は続ける。ゆかた三着、ぞうりが二足。ここで彼はタイプから顔をあげていう。ゆかたって何です。こっちはめんどうくさくなって、マダム・バタフライが着ているようなものなんていいかげんなことを答える。さすがオペラの国イタリアのこと、彼は、ああそうかといって、ゆかた、マダム・バタフライ調などと書いている。ぞうりは、ああれですねとすぐさまわかったようにいう。しかしイタリアでは、ゴムぞうりのことをどういうわけか〝ゾーリ〟と呼んでいるので、私は、そんなものじゃないという。これまた、マダム・バタフライ調となる。その他に、スーツケース二個、化粧バッグ一個などと並べたのち、さて被害総額は？　ときた。どうも金目のものがひとつもないことは、これまでのやりとりで双方ともわかっているので、私もにやにやして、まあ、二十万リラくらいだろうというしかない。刑事は、車の方はいつかどこかに乗り捨てられているだろうが、中の荷物は、おそらく出てこないだろうという。そして、私をなぐさめるためか、ナポリの泥棒は、まったく芸術的な技術を持っているのだと話し出した。

　第二次大戦直後、ナポリ港に入っていたアメリカの戦艦が、消えてしまうという事件があったのだそうだ。ほとんどの乗組員は上陸していたが、残った者も、艦長が呼んでいるといってきた一人のナポリ人の言葉を信じて下艦して一夜を楽しく過し、港に帰ってきてみれば、自分たちの艦が影も形もなくなっていたという。おそらく、どこかの湾内で、秘《ひそ》かに解体され、鉄板の山と化したのであろう。これは、ナポリの泥棒史上、記念すべき金字塔なのだそうだ。その他にも、ホテルのフロントで部屋を申し込んでいた、たった二分の間に、ホテルの前に止めておいた鍵をかけた車の中の、商売用のカメラをごっそり盗《と》られたドイツ人カメラマンの話など、刑事の話はつきなかった。私たちは、被害者であることも忘れて、あらためてナポリの泥棒の神技を、賞讃せずにはいられなかったのである。

　こうして警察を出た私たちは、車を盗られているので、汽車でローマへ帰らねばならない。

でもよほど楽しい気分だったのか、私たちは、親愛なる泥棒諸君を讃《たた》えてなどと勝手な理由をつけ、一等車を奢《おご》ったのだった。

しかし、その私をほんとうに怒らせる時がきた。ローマに帰って、ひとまず必要不可欠なもの、すなわち化粧品を買った時である。化粧品とは、ひとつずつ買えばたいした値段でないのに、まとめて買うと何と馬鹿《ばか》げた値段になるかを知った時、私ははじめて、ナポリの泥棒に腹を立てたのである。

女は、もともとケチに出来ているもの。そして、身近なことになった時、たちまちその本性があらわれる。

ナポレターノ

ナポレターノといっても、スパゲッティやピッツァのナポリ風ではない。ここで書こうと思うのは、チャキチャキのナポリっ子についてである。泥棒が多いとか勤勉でないとか、何とかかとかいわれても、どうしても憎む気になれないナポリっ子のことである。

私自身も、そうとうひどい目にあっているはずなのである。前章にも書いたが、ナポリの聖《サンタ》キアラ寺院を見に行った時、たった三十分の間に、寺院の前に駐車しておいた車を、なかの荷物ともどもやられてしまったことがある。鍵は、もちろんかけておいた。それが、見学を終って出てきてみると、影も形もなかったのだから、泥棒を怒るよりも、その手ぎわの見事さに感嘆してしまったくらいである。ローマへ帰ってから知ったことだが、三十分というのは長いほどで、あるドイツ人のカメラマンなどは、ホテルの玄関の前に鍵をかけて駐車し、なかへ入って部屋を申し込んでいる二分足らずの間に、車の中に置いておいたカメラを四台、見事にやられたのだそうだ。ここまでくると、泥棒技術も至芸といわねばならない。他の地方のイタリア人でも、こうはスマートにはいかないであろう。

こんな話もある。

私が、オランダを旅行していた時だった。アムステルダム近くの高速道路に入ろうとしていたら、その手前の道のわきに、一人の男が、皮のコートをたくさん持って立っている。イタリアから来て、これほどの寒さとは思っていなかった私は、防寒着を充分に持ってきていなかったので、コート売りのこの男が声をかけてきたのを幸いと、一着買う気になった。どうせ、この旅行中だけ役立てばよいのだからと思って。車はローマのナンバーだから、男はイタリア語で話しかけてくる。それを聞けば、値段も安いようだ。

色の気に入った一着を、試着することになった。ところが、人間というものは、コートの試着というと、必ずポケットに手を入れてみる習性がある。というわけで、私も何気なくポケットに両手を入れた。そうしたら、右手に何かがさわるではないか。指で確かめると、腕時計である。一瞬私は考えた。ハハア、この男は、何かの時に、腕時計を売り物のコートのポケットの中に入れて、そのまま忘れてしまったらしい、とすると、半コートの値段を払っても、腕時計の分だけ得をすることになる、と。

だが、コートのポケットに手をつっこみながら聞いた、同行の友人とこの男との会話から、彼がナポレターノだとわかった私は、もうだまされなかった。残念だけどいらないわ、といい、脱いだコートを彼に返した。そしてニヤリとしながら、イタリアに長くいるから、ナポレターノをよく知っているのよ、とつけ加えた。そうしたら、この男が笑い出した。そして、陽気に白状しだした。

オランダ人は、ケチで有名だから、コートの値段を安くしたぐらいでは買わない。それが、時計、それも夜店でたたき売りしている、しかもオモチャなのに、時計をひとつ入れておくだけで、バカみたいに売れてしまう。これが、彼の話であった。

私は、感心してしまった。オランダ人の気質と、ポケットについ手を入れる人間の習性と、手をふれただけで取り出して目で確かめるわけでもないから、オモチャの時計だとはわからないという、三つの点を利用したナポリ風商法である。もちろん、買った連中も、あとで時計がオモチャだとわかっても、訴えるわけにもいかないから、詐欺罪《さぎざい》は成立しない。私と友人は、この愉快なナポレターノにコーヒーをおごり、商売の繁盛を祈る、といって彼と別れた。

ナポリっ子と待ち合せをする時は、よほど腰をすえて、イライラしないように、はじめから心がけておくべきである。そうでもないと、ヒステリーになる。こちらが一人の時は、向うも気を使うものとみえて、比較的、定刻にやって来る。しかしそれが、こちらに連れでもいたりすると、とたんに遅れる。一時間ぐらい待たされてイライラするようでは、ナポレターノとつき合う資格がないみたいだ。何しろ彼らの間でさえも、アプンタメント・エラースティコ（エラスティック型待ち合せ）という言葉があるというのだから、あきれてしまうではないか。ところが彼らのエラスティックとは、前に伸びることは皆無で、定刻後一時間二時間と、あとの方にだけ伸びるのがしゃくにさわる。

ナポリの街のカフェに、三人五人とかたまって、にぎやかにおしゃべりしているのを見ることがあるだろう。あれは、九時の約束が、一時間たってようやく二人になり、二時間後に三人という具合に、少しずつ集まってくる友人の全部がそろうまで、腹もたてず、互いにおしゃべりをしながら、のん気に待っている風景なのである。待ち合せるだけで夜がふけてしまっても、誰も怒らない。たまに誰かが怒り出しても、ほんと、ほんと、しようがないなあ○○君は、と、いかにも同感するかのようなあいづちを打つが、これとてあてにはならず、つぎの待ち合せには、こういった本人が二時間も遅れてくるのだから、改良の希望はないのである。

ところで、この話で思いだしたのだが、イタリアのテレビ（国営）に、夜の八時頃《ごろ》、時刻知らせがある。八時頃というのは、日によって、七時五十八分だったり、八時三分だったりするからである。時計の図が出て、針が時刻を指すのだから、八時きっかりにやればいいものを、めったに八時ちょうどであったためしがない。日本のテレビの、時計を右手に緊張しきっているディレクターは、これを知ったらなんというであろうか。

イタリアの鉄道（これも国営）も、従業員がナポレターノばかりではないかと思うくらい、遅れる。始終というわけではないが、二十分くらい遅れたといって騒いでいたらノイローゼになる。といって、四十分遅れるとの駅内放送で、しようがないコーヒーでも飲んで待つかとカフェへ行くと、十分もしないうちに再び放送で、四十分遅れるところがあと五分で到着するといわれ、あわててホームへ駆けつけるなんてこともあるのだから、ほんとうに油断もすきもあったものではない。

日本に帰っていた時のことだ。京都から乗った新幹線が東京駅に着く直前、車内放送で、到着が二分間遅れることをわびているのを聞いた時の私の感激は、もう説明するまでもないであろう。たった二分間の遅れ！

笑いだしながら私は、その時ほど、イタリアを離れ日本にいるのだという実感を持ったことはなかった。

だが、同時に、きちんきちんとすべてがうまくいっているうちはよいが、ひとつがダメになると全体が崩壊しそうな、われら日本人という人種を、少々気の毒に思わなかったわけではない。

雑草のようにたくましいとは、ナポリの庶民のようなものではないかと、私は時々思う。歴史的にみても、ナポリは、攻めてこられると抵抗をするでもなく、簡単に開城して迎え入れてしまう。必死のレジスタンスなんて言葉は、めったに聞いたこともない。王様は、いつもイスキア島あたりに逃げて行って、様子を見ている。ナポリの人々も、サボタージュもレジスタンスもせず、痛烈な皮肉をこめた小唄《こうた》ははやるが、征服者にことさらたてつくこともしない。能力のない征服者は自滅するから、それを待っていればよいのである。征服者が自滅しそうな頃合いを見はからって、王様が戻ってくる。そうすると誰もが王様の後について、征服者を追い出すというわけだ。こうして、スペイン人もフランス人も追い出された。能力のある征服者だと庶民も納得がいくのか、王朝は延々と続く。そうすると庶民も、王様になついてくる。ナポリっ子にとっては、イデオロギーなんてものは、輝く太陽と紺青《こんじょう》の海、おいしいスパゲッティの一皿の前に、色あせて見えるものらしい。彼らには、主義主張よりも、人間の個人的魅力の方が、ぴったりくるのかもしれない。

さて、ナポリをあとにする時がきた。道に遊んでいる七、八歳の男の子に、知っているかと心配しながらも、駅への道すじをたずねる。ところが彼、それには答えず、

「シニョリーナ、なんで発《た》つの。ナポリはいいところだよ。おいしくて安いピッツァ屋を教えようか。ジェラート（アイスクリーム）はもう食べた？　まだだったら、連れて行ってやるよ。こんなにいい天気なのにさ。発つって気がしれないなあ。もっと居るべきだよ」

私は、やれやれまたナポリっ子のおせっかいかとため息をつきながら、駅までの道を、もう一度たずねる。ようやく、この汚れたシャツの、しかし生き生きとした男の子は、いかに

も残念だと大仰な身ぶりをしながら、道を教えてくれた。

だが、私の心配は当っていた。教えられた道をどこまで行っても、駅にはたどり着かなかったのである。男の子は、異国の女とおしゃべりしたかったがために、知りもしない道を、いかにも知っているかのようにふるまったのであった。

ナポレターノ奴《め》!!!

カプリ島

何度となくカプリを訪れているのに、その男に会ったのは、あの時がはじめてであった。一昨年の夏のことである。

その夜私たちは、ナポリ料理屋での夕食を済ませた後、残った夜を過すために、この島には珍しいドイツ風の酒場に出かけることにした。その店には、うまいギター弾きがいるということを、以前から聞いていたからである。

〝小広場《ピアツエツタ》〟と呼ばれるにぎやかな場所から少し裏通りを入ったところに、その酒場はあった。薄暗い室内にはいくつかのビールの樽《たる》が並べられ、天井から何十本というサラミ・ソーセージの棒がさがっていた。白い粗《あら》いしっくいの壁と古びた木製の椅子《いす》とテーブルが、その部屋の中を実際以上に暗くしていた。

ギター弾きは部屋のすみにいた。ギターをつまびきながら客を待っていたらしかった。坐《すわ》っている彼のかたわらに、松葉杖《まつばづえ》が置いてあった。まだ若い男だった。

ギター弾きが、私たちの招きに応じてそばにきて、古いナポリ民謡を歌い出してからしばらくたった頃だった。扉《とびら》が開いて、一人の男がこの酒場に入ってきた。壁に寄りかかっていた私の眼《め》に、まず男の靴《くつ》が見えた。粗い木綿製のものだった。その次に、薄いグレーのズボンが眼に入った。まるでウィンザー公愛用のもののように、それは太く、しかし充分に手入れがゆきとどいていた。上着は、紺色のダブルのブレザーコートで、金のボタンが光っていた。衿元《えりもと》からは、白いとっくりのセーターがのぞいている。

北の男だ、と私は思った。白いセーターの上に見える首が、静脈の浮いた日焼けした色に変っていたが、それでも以前のピンク色を隠すものではなかったからである。頭髪は純白だった。これも白いひさしのようになった眉《まゆ》の下に、青い眼が、やはり北の血を示していた。

男はカウンターに近より、主人と話し出した。イタリア語だった。時折まじるナポリ方言からして、このあたりにだいぶ長く住んでいるにちがいなかった。買物に来たらしかった。主人に命じて、紙袋にソーセージやかんづめを入れさせていたからである。その間に、彼の前に、大ジョッキにあふれるビールが運ばれた。それを口元にもっていきながら、男ははじめて私たちの方に眼を向けた。というよりギター弾きの歌を聴いている風だった。

ギター弾きの若い男が、ふり向いて彼に挨拶《あいさつ》した。顔なじみらしかった。この時になって、男は私たちの方に近づいてきた。そして、一緒に音楽を聴いてよいか、といった。

椅子に坐った男は名を名乗った。しかし今、私にはその名が思い出せない。ただ彼は、国籍をいわずにこういった。

「地中海人《ウオーモ・メディテラーネオ》」

そして、私に向って、日本人とお見うけしたが、といった。その夜の私はゆかた姿であったから、すぐにもそうわかったのであろう。しかし男の国籍を探るのも簡単だった。ギター弾きが、では日本かオーストリアの歌を弾きましょうか、と聞いたからである。ただ、その夜の外国人二人は、どちらも自国の歌をかくべつ聴きたいとは思っていなかったから、ギター弾きは、前と同じくナポリの民謡を歌い続けた。時が過ぎていった。ギター弾きが歌うのに疲れれば、客である私たちが歌った。酒場の主人も歌った。彼の喜劇風の少々猥雑《わいざつ》な小唄は、私には意味のわからない箇所がいくつもあったが、オーストリアの男には皆わかるらしかった。彼は、楽しそうに笑っていた。

夜もだいぶ更《ふ》けた頃、オーストリア人はふとつぶやくようにいった。

「三十歳の時、一カ月の休暇のつもりでこのカプリ島に来たのが、気がついてみたら四十年間になっていました」

誰もが黙っていた。この男に対しては、理性的であろうと感傷的であろうと、あらゆる言葉が無用に思われた。ただこの男が、七十歳の老人とは、どうしても見えなかった。美しいといってもよいその顔からは、老人の多くが持つあせりや影は見出《みいだ》せなかった。自らの欲するものを知ってその人生を歩む、一人の男がそこにいた。

夜半過ぎ、私たちは酒場の扉の前で別れた。外は雨だった。小路《こうじ》の軒づたいに降りそそぐ雨水を上手に避けつつ遠ざかって行きながら、男は私たちをふりかえって叫んだ。

「明日は晴れる。私が保証します」

＊　　＊

このエセーが誌上に出て、数日が過ぎた日のことである。私は、その頃、就寝前に寝床の中で、サマセット・モームの短編を、毎晩二編ずつ読む習慣があった。二編読み終ると、ちょうど眠くなるのだった。だがその晩、二編目の『ロータス・イーター』を読みはじめた私は、眠くなるどころではなかった。眼は醒《さ》め、頭の中はすっかり冴《さ》えかえり、寝床の上に起き上ってしまった。これはまったく同じだ、盗作と思われても仕方がないくらい、まったく同じに出来ている、と。

もちろん、登場人物も書き方も違っていた。だが、テーマは、カプリ島を舞台にしていることも、この島の魅力にひかれて祖国を捨てたことも、同じなのである。

モームの短編の主人公は、私と同じように偶然にカプリ島を訪れ、そこで、祖国を捨てて住みついている一人のイギリス人を知る。このイギリス男が、決して特別に異常でないとでもいいたいように、モームは、他に、四十年も住みついているドイツ人の話すら、書き加えている。

ここまでは、以上のような話の展開で、私のものと良く似ているのだ。しかし、モームの場合、この続きがある。そこでは、自らの欲するものに忠実に、堅実なイギリスでの生活を断ち切り、美しい地中海の島カプリで余生を楽しんでいたはずのこの男は、ほとんど行き倒れのようにして、誰にも知られず、哀れに死ぬのである。この男が、それでも満足して死んでいったかなどということには、モームは、ひとこともふれていない。いかにも彼らしいところだ。だが、読後の余韻は、苦い哀愁に満ちている。

私の最初に思ったことは、何という差であろうか、ということだった。私は、表しか見ていないのに、彼は、裏まで見抜いているのである。しかし、モームがこの短編を書いたのは六十八歳の時で、私の二倍以上の年齢であったし、私自身、書斎を日本からイタリアへ移しただけだと思っているから、祖国を捨てた男の哀愁も、今の私には無縁である。無縁なことは、書きようもない。

それにしても、年齢も国籍も違う者同士が、カプリ島の持つ魅力を描こうとして、いずれも同じようなテーマを選ぶとは、いったいどういうことであろうか。もしかしたら、よく探してみれば、ドイツ人にもフランス人にも、同じように書いている人がいるかもしれない。とすると、結果はどうであれ、一度カプリを訪れ、以後の人生をそこで終える気になってしまうような魅力、カプリ島の持つ魅力は、そういう性質のものということになる。

私は、蒼《あお》い海も、夕映えに輝く空も、書く気がしなかったのをおぼえている。こんなものは、イタリアのどこにでもたくさんころがっているからだ。あるイタリア人の友人が、私にこういった。

「きみは金持でないから仕事するのだ。もし金持だったら、カプリに別荘でも買って、そこで終日、サラセンの海賊のことを書いた本でも読んで過すだろうさ」

そうかもしれない、と私は思う。どちらが幸いかわからないが。

マカロニ

ダンテやミケランジェロの名は知らなくても、マカロニやスパゲッティを知らない日本人はいないであろう。イタリアといえば、オー・ソレ・ミオかスパゲッティとこだまが返ってくるほどだ。ただ、それがどんな歴史をもち、どのようにして人々に好まれ、どんな料理法が正しいのかということになると、まだあまり知られていないのではないかと思う。しかし、これは日本人に限ったことではない。イタリア以外の国は、多かれ少なかれ、この有名なイタリア料理に対して無知である。

こんな話がある。イギリスのＢＢＣ放送が、恒例のエイプリル・フールのいたずらとして、四月一日のその日、あるテレビ番組を放映した。それは、スイスのルガノ地方の春を取材したというもので、画面には、スイスの民族衣装を着た若い男女が、果樹園で働いている場面がうつし出される。ただ、果物を採取しているのではなく、樹《き》にすだれのようにつらなって実っているのはスパゲッティなのだ。それを、彼らは、いかにも楽しそうに採取していて、アナウンサーが、今年の取れ高は去年より多かったし、質も良かったなどと、まじめくさった声で解説する。
ところが翌朝、BBC放送の交換台は、視聴者からの電話でてんやわんやの騒ぎとなった。そのいずれもが、スパゲッティのなる樹を手に入れるにはどうしたらよいか、どこに注文したらよいか、その樹は、はたしてイギリスの地で育つのか、を問い合せてきたものだった。

さて、マカロニとスパゲッティの違いだが、日本では、四センチ位の長さで太く、中に穴があるのをマカロニという。イタリア語の発音はマッケローニとなるのだが、もう日本語化した外来語として、マカロニでよいだろう。三十センチ位の長く細いのを、スパゲッティと呼ぶのは正しい。だが、従来の意味でのマカロニとは、穴のあいた太いものだけでなく、スパゲッティも、そして、他にも何十とある、あらゆる形をした麺《めん》製品の総称だったのである。近年になって、パスタという言葉がそれに代りつつあるが。だからスパゲッティは、マカロニまたはパスタの中の一種類の名称にすぎない。他には、きし麵に似たフェトチーネ（これは南イタリアの呼び名で、北イタリアでは同じものを、タリアテッリと呼ぶ）、ぎょうざを小さくしたようなトルテリーニ、それを平たくしたラヴィオリ、日本風のマカロニをもっと太く長くして、中にチーズや肉を入れるカネローニ、十センチ四方の平たいものを、チーズや肉を間に入れて、それを何枚も重ねて天火で焼いたラザーニャと、それらをすべて書いていたら、それだけで頁《ページ》が終ってしまうほど、マカロニの種類は多いのだ。その加工方法と料理方法の種類の多さは、マカロニが（これからはマカロニを、イタリアの麵製品すべての総称の意味で使うが）、イタリアの食卓で、日本の米と同じ位、いやそれ以上に重要な地位を占めている証拠だといってよい。地位の上下も貧富の差も関係なく、あらゆるイタリア人から、これほど愛された食物はなかった。法王の食卓にも、ナポリの貧民街の子供たちの食卓にも、たとえ混ぜ合せるものが違ったとしても、同じマカロニが並ぶのである。しかも、ほぼ八百年の間、それは変らない。

歴史上にマカロニが最初に登場してくるのは、十三世紀前半までさかのぼらねばならない。マカロニについてのその最古の古文書は、つぎのようなことを伝えている。

その頃、南イタリアのシチリア島の南端、シクリという小さな町に、グリエルモという信心深い修道僧が住んでいた。このフラ・グリエルモは、日頃からの清貧ぶりと、貧しい人々への奉仕で、人々から聖者と呼ばれて親しまれていた。ところが、この町の金持たちが彼をからかってやろうと、ある日、食事に招待した。食卓の上には、やわらかいチーズをいっぱいつめたマカロニの皿が用意されていた。ただ、金持たちの前のマカロニにはチーズがつめられて、おいしそうな香りをただよわせていたが、フラ・グリエルモの前の皿のマカロニには、チーズの代りに土がつめられていたのである。しかし、フラ・グリエルモは、それを見ても少しも驚かなかった。皆が食卓に着いて、食前の祈りをはじめた時である。奇跡が起ったのだ。修道僧の前のマカロニにつめられていた土が、チーズに代ったのだった。良い香りをただよわせるチーズに。フラ・グリエルモは、後にローマ教会の聖人の列に列せられる。もちろん、この時の奇跡のためだけで聖人になれたわけではないだろうが、それにしても、不味《まず》い食事をするに耐えられず、奇跡を起した修道僧を聖人にするとは、イタリアは何と楽しい国であろう。

この奇跡の話は昔から知られていたとみえて、十五世紀の文人オルテンシオ・ランディの著書『食物のカタログ』にも書かれてある。

「豊かな南の島シチリアからはじまり、聖グリエルモのおかげで有名になったマカロニは、神の与え給《たも》うた最上の贈り物だ。にわとりの脂《あぶら》で和《あ》え、新鮮なチーズをつめ、肉桂《にっけい》を少しと砂糖をふりかけたこの料理は、思い出すだけでも食欲が起ってくる。これを食べる時には、胃袋がもっと大きかったらといつも思うのだ」

このメニューは、未《いま》だにシチリアのカターニャ地方では、祭日に食卓にのせられる。ルネサンス時代には、砂糖がマカロニ料理に多く使われていたらしい。そして、マカロニの語源をたどってみると、ラテン語のマッカーレから来ているといわれている。マッカーレとは、引きのばすとかこねるとかの意味である。

十九世紀初めになって、マカロニの革命が起った。それは、従来料理する毎《ごと》に作っていたのが、保存の方法が発見されたのである。そして、これと時を同じくして、マカロニの中のスパゲッティの地位が飛躍的に高まった。この時から、スパゲッティは、マカロニの中の王様となり、スパゲッティとナポリは、切っても切れない仲となるのである。

グルセンの発見によって保存できるようになったマカロニを、最上の状態で保存するためには、できるだけ短い期間に、乾いた暑い大気と涼しい大気の中で乾燥させる必要がある。これには、ナポリ近郊が最適と思われた。とくに、トーレ・アヌンツィアータの地は、一日に四回、暑い大気と涼しい大気の交換が起る。また、グラニャーノの地は、それが二回起るのだ。このために、長い間、スパゲッティの最上品は、トーレ・アヌンツィアータかグラニャーノの製品とされてきた。木製にしても、スパゲッティ製造機は、この頃《ころ》使われはじめている。

ひもとか細引きとかの意味のスパーゴという言葉を語源にもつスパゲッティは、最も庶民的な料理として愛されてきた。十九世紀前半、まだイタリア統一前でブルボン王朝下のナポリでは、街頭でスパゲッティ売りが店を開いていた。大なべでスパゲッティをゆで、かたわらには粉チーズをピラミッド風に盛り、その稜線《りょうせん》を黒こしょうの線で飾り、頂上にトマトを花のようにのせた大皿を置いて、買いにくる人に、ゆでたてのスパゲッティを皿にもって、黒こしょう入りの粉チーズをふりかけたのを売っていたのだ。スパゲッティの一皿を買った人は、すぐその場所で立ったまま、右手の三本の指を使って器用に食べる。指にはさんだスパゲッティを頭の上高くあげ、たれ下ったスパゲッティのはしがちょうど口にとどくようにして、汚さないように食べるのが上手とされた。フォークを使うのは、中流以上の人のすることであったのだ。

このマンジャマケローニ（街で食べる人）たちは、ナポリの街頭風景の、最も特徴的なものといわれた。今も、多くの画やデッサンが残っている。ナポリの最下層の庶民は、豚の脂と塩で和えた最も安いスパゲッティの一皿を手で食べ、レモンをしぼりこんだ水を飲み、輝く太陽のしたで昼寝をする時、王様やどんな金持よりも、よほど幸福な気分になれたのだった。

しかし、金持や貴族だって、美味《おい》しいものは放ってはおかない。同じ時代、ボンヴィチーノ公爵は、自邸のコックにつぎのような命令書を渡している。

「絶対に水がふっとうするまで、スパゲッティをなべに入れてはならない。そして、必ず硬《かた》ゆでにすること」

二十世紀になると、ナポリ名物スパゲッティは世界中に広まる。まずはじめは、イタリアを訪れた観光客の手で、そしてつぎは盛んになったイタリア人の移民によって。しかし、正しい料理法の第一である硬ゆでは、なかなか普及しなかった。アメリカ海軍も、艦内の食事にスパゲッティを採用したのはいいが、ゆで方が問題だったらしい。一九三二年の The U.S. Navy Cook Book には、三十分ゆでるべしとあり、一九四四年のものでも、二十分となっている。これでもゆですぎだ。一九七〇年には何分となっているか興味があるが、あいにく、私の手許《てもと》には資料がない。しかし日本では、やわらかくゆでたのをまたバターでいためるのだから、他の国のことなどいえた義理ではないのだが。ちなみに、バターでいためるのは、古くなったスパゲッティを、捨てないでもう一度食べる時の料理法である。

私がはじめてイタリアに来た頃、もう七年も前の話なのだが、ミラノのレストランに入って、意気揚々と「スパゲッティ・ミラネーゼ」（ミラノ風スパゲッティ）と注文したものだった。日本にいた頃の私の好物だったのである。ところが、給仕はきょとんとして、何をお望みで、ともう一度聞いてくる。こちらは、おそらく私の発音が悪いのだろうと思って、もう一度「スパゲッティ・ミラネーゼ」とくり返した。しかし給仕は、あいかわらずきょとんとした顔をして立っている。私は、こういうことには慣れていたので、というのは、イタリアへきて数カ月、日本で勉強したはずのイタリア語が何の役にも立たないことをいやというほど悟らされていたから、少しもあわてなかった。

やおら説明をはじめる。すなわち、スパゲッティ・ミラネーゼとは、スパゲッティにミート・ソースをかけたものであり、それを私は注文しているのだと。この時になってようやく、給仕は納得のいったような顔をしていった。

「ああ、スパゲッティ・ボロニェーゼをおのぞみで」

何と、ではミラネーゼでなくボロニェーゼ（ボローニャ風）というのか。それでは、距離的にいって、大阪風と名古屋風くらいの違いとなる。

でも私は、これまたここ数カ月の経験から、自分の無知をさらけ出すのに少しも恥ずかしい思いをしなくなっていたから、注文をし終ってもどってきた給仕に質問をはじめた。

「では、イタリア料理のプリモ・ピアットのなかで、ミラノ風と名のつく料理は何？」

ちなみにイタリア料理のフル・コースは、通常つぎの順序になっている。

アンティ・パスト（ハム、ソーセージ、貝類のサラダ、オリーブの塩づけ……オードヴルの意）

プリモ・ピアット（スープ類、スパゲッティ等マカロニ料理、米を使った料理）

セコンド・ピアット（魚、肉料理）

コントルノ（野菜サラダ、マッシュ・ポテトなどのそえ物料理）

この後に、各種のチーズ、果物、ケーキ類が来て、アイスクリーム、コーヒーで終る。もちろん、このフル・コースをすべて注文しなければならないということはない。それぞれの好みと腹のすき加減によって、このなかのいくつかを選んで食べればよいわけだ。

さて、給仕の答えはこうだった。ミラノ風と名のつくプリモ・ピアットは、リゾット・アラ・ミラネーゼだというのだ。これは、卵を入れた、要するにおじやである。なるほど、こういわれて気がついたのだが、イタリアで米のとれる地域は、ポー河流域を中心とした北イタリアだから、自然、北イタリアでは、米を使った料理が多いのもうなずける。それに比べて、南イタリアは、スパゲッティを作るのに最も適した硬質の小麦粉の産地なのだ。スパゲッティなどのマカロニ料理は、南イタリアのものである。だから、スパゲッティ・ミラネーゼなんてありえないのだ。もちろん、南イタリア風スパゲッティ料理は、ミラノでも食べてはいるから、ミラノでそれを食べた日本人が気に入って、日本に帰りレストランを開いた時に「スパゲッティ・ミラネーゼ」として売り出したのが、日本人の趣味に適して、日本でのスパゲッティ料理のひとつとして定着したのではないだろうか。

名前なんてどうでもよい。要は、おいしいかどうかが問題である。ただ、イタリアを訪れた時に、日本で聞きなれたその料理を注文して、もし存在しなかったとしてもがっかりなさらないように。スパゲッティ料理の方法は、イタリアの家族の数ほどあるといわれる。それほど、バリエーションの自由があるわけだ。だから、日本ではどこのデパートの食料品売場でも売っている、マカロニやスパゲッティをやわらかくゆでて、それをマヨネーズで和えた料理が、イタリアに存在しなかったとしても、少しも恥ずかしがることはない。ただし、この料理法をイタリア人に話した時、彼は、ちょうど日本人が、信州そばをぐにゃぐにゃにゆでて、それをマヨネーズで和えた料理法を聞いたらするであろうような、複雑な表情をしたものである。

英国の詩人バイロンが、その詩の中で、スパゲッティ（正しくはヴェルミチュッリという、スパゲッティのもっと細いものなのだが）を、卵とかきとともに、〝愛の妙薬〟と歌ったから、世界中の人々が食べるようになったわけではないだろうが、スパゲッティは、人々から最も好まれる料理のひとつとして、各国はそれぞれ独自の料理法を創作した。

まず、バイロンに敬意を表して、英国からはじめるとする。英国には、スパゲッティ・オン・トーストというのがある。言葉通り、スパゲッティを和えたものをトーストパンの上にのせて食べる、いわば、スパゲッティのオープン・サンドウィッチだ。これは、インドから移入したカレーライスと並んで、英国では、最も安価な食べものである。

アメリカに移ると、ロースト・スパゲッティと変る。スパゲッティを和えたものを、さらに天火でローストして、それにクラッカーをそえて食べるのだそうだ。

メキシコへ来ると、スパゲッティ料理の上に、とんかつがでんとのって出てくるし、スペインでは、とんかつのかわりにミート・ボールがのっている。日本でも、ソーセージの太いのがスパゲッティの山の上に鎮座しているのを、当店特別奉仕メニューという名札がついて、ウインドウに出ているのを見たことがあった。

さて、料理芸術の国フランスへ来ると、この国には、ゆでたスパゲッティをヨーグルトで和えるやり方がある。ヨーグルトだって？　ああ！　日本だって堂々と、スパゲッティのマヨネーズ和えを、世界の料理の本に発表すべきである。

しかし、イタリア人は、これら各国のバリエーション攻撃に対して、がんこに伝統を守り続ける。いかにドルが欲しくても、ロースト・スパゲッティを供するレストランは、どこにもない。意地汚ないのは妥協して、アメリカ好みのやわらかいゆで方はするが。

まず大切なことは、スパゲッティの質である。硬質の粉を使った、ゆでても折れないもので、硬ゆでにしても粉っぽくないのが上質とされている。美食家は、材料選びからはじめるものだ。

『セヴィリアの理髪師』などの作曲家として有名なロッシーニが、パリで大成功を収め、一躍、パリ第一の流行児になった頃の話である。彼は、ある日、スパゲッティ料理を食べたいと思い、友人の人が教えてくれた、パリのイタリア料理用の食品店へ、自分で買いに行った。店の主人は、わざわざ奥から大切そうに出してきたスパゲッティの束を、ナポリ製の最上品ですといって、ロッシーニに売ろうとした。しかし、このイタリアの作曲家は、まずそれをよく眺《なが》め、そして生のままの一本を口に入れてみた後、いった。

「これは違う。ナポリものではない」――それだけいって、ロッシーニはその店を出て来てしまった。

翌日、この店をロッシーニに教えた友人が店に来て、主人に、昨日の男が、パリで今、最も有名な音楽家のロッシーニだということを知らなかったのかといってなじった。店の主人はこう答えた。

「知らなかったね。それに私らには音楽家など興味もないし。しかし、あれほどスパゲッティの質に目がきくのなら、もしそれと同じくらいの目ききを音楽の方でも持っている人なら、きっとたいした音楽家なんだろうよ」


では最後に、これほどスパゲッティを愛するイタリア人が、どんな料理法をするのか、それをひとつだけ書いてみよう。

読者の方々は、それを試してみるのもよいだろうし、また、それからバリエーションを考え出して料理するのもよいと思う。

スパゲッティの本場ナポリの、最も代表的な料理は、やはり、スパゲッティ・アレ・ボンゴレということになる。ボンゴレとは、あさり貝のこと。まず、オリーブ油をフライパンに多目に流しこみ、それが熱した頃、大き目に切ったにんにくのかけらを五つほど入れ、それが茶色に変る頃に油から揚げて捨てる。ついで、バジリコの葉（これもにんにくと同様香りをつけるためで、生のがなければ乾燥したものでもよい）を数枚投げ入れ、これとほとんど同時に、トマトの水煮（これは罐詰《かんづめ》になって売っている）を一罐、油を浴びないよう注意して入れる。これが煮立ってきたら、今度は、あさりのむき身を三百グラムほど入れ、しばらく煮る。フライパンのなかの水分がなくなった頃ができ上りだ。それに塩と黒こしょうをふりかけて、ナポリ風のソースが完成する。硬ゆでにしたスパゲッティを手早く水を切り、熱いうちにソースの三分の一だけで和え、皿に取り、残りのソースを上にかけ、みじん切りにしたパセリをふりかけて終り。

シチリア

海峡を渡ると、海が変る。いや変るというしかないぐらい、本土の沿岸にうち寄せるティレニア海と、シチリア島をかこむ地中海とでは、海の色からしてまったくちがうのだ。メッシーナの海峡を連絡船が渡りだすと、真下に見える海の色は、これこそ紺青《こんじょう》というものかと思う色になる。冴《さ》えた深いブルー、なめらかなとろけるようなブルーに。その上を、真白い上質のレースのような波頭が、消えてはまたあらわれる。

九月のシチリアは、どこにいても、オレンジの花の甘い香りにつつまれる。車を走らせていても、風にのって漂う香りが、突然窓から入ってきて、はじめは何の香りだろうかと、不思議に思ったものだった。これが五月では、レモンの香りに座をゆずる。ゲーテでなくったって、だいぶ良い気持になるというものだ。君知るや南の国とうたったのは、誰だったかな。そのあとは、レモンの香りだったか、オレンジの香りと続くのだったか、と考えても、いっこうに思いだせなかった。

アーチレアーレの町に立ち寄る。この小さな町に、わざわざ主要路を迂回《うかい》してまで寄ったのは、美術的関心のためでもなく、歴史上の興味でもさらさらなく、ひとえに、アイスクリームを食べたいがためであった。

アイスクリームをイタリア語ではジェラートというが、起源はアラビアで、それがシチリアにもたらされ、シチリアから長靴《ながぐつ》の形をしたイタリア半島を北上し、アルプスを越えて、ヨーロッパ中に広まったものなのだ。本店アラビアの方ではすっかりすたれてしまったが、ヨーロッパでは、今なお盛んである。だが、やはり老舗《しにせ》であるイタリアのが一番うまいということになっている。といっても、イタリアではどこでもうまいというわけではない。私は、フィレンツェで一軒、ローマで二軒、相当に満足できる店を知っているが、そことて、シチリアにはかなわないかもしれない。シチリアは、老舗中の老舗の格を保って、手作りのしか売らない店が多いのだ。その中でも、アーチレアーレの一軒のジェラートは、まさに王様と、食通の間では評価が一致している。

出されたジェラートを見て、唖然《あぜん》とした。縦十二センチ、横十センチ、高さ五センチはあろうかというしろものが、使い古した、それでも銀の小皿に、はみ出しそうにのっている。形は山型だ。大きな円型を、無造作に切りとってくれたのだ。ひとさじ口に入れてみて、なるほどと感心した。こくがあって、それでいてしつこくなくて、ほのかな香りがたちまち口の中を占領して、すぐにのどの奥に消える。甘さも頃合いだ。一番外側は白く、すぐその内側は薄茶でピーナッツの味、真中は、淡雪の中に砂糖漬《づ》けの果実の小さな切れはしが、赤や緑や黄色に散っている。一口一口味わいながらも、残さずに食べてしまった。だがさすがに、今夜の夕食には手がでないかもしれない、と心配になる。ジェラート気狂《きちが》いの、ある日本人がいったことが思いだされた。

「日本のは、あれはアイスクリームじゃないですね。シャーベットだ。だいたい、スマートにはなりたし、かといってアイスクリームは食べたしという女たちを相手にしているものだから、ああいう味もそっけもないしろものが出来あがるんです。アイスクリームにかぎらず、女の考えで作った料理は、外見《そとみ》はいいがそれだけで終ってしまう。ほんとうに食べることに情熱を感じるのは、男だけじゃないかなあ」

ちなみに、この店を推賞していたのは、すべて男であった。

シラクサから、東京にいる編集者に手紙を書いた。

「ヨーロッパの最南端にあるこの町には、ルネサンスの影もありません。プラトンが訪れ、アルキメデスの死んだという町、マーニャ・グレチアの中心地だった、静かで明晰《めいせき》なこの町にいると、激しい争闘のあけくれだった、そしてそれが私を魅了したはずなのに、そのルネサンスを忘れそうになるのです。なるべく早くこの島を発《た》ち、フィレンツェに帰らねばと思うようになりました」

シチリア東部を見たあとでは、バロック建築様式に対して持っていた考えに、鉄槌《てっつい》をくだされたような気がしてくる。美術史家のバロック時代の解説など読んでみても、いや、いや、そんなもんじゃありませんぜ、といいたくなってくるのだ。ローマでも、イタリアのどの地方でも、いや、同じシチリアの西部のパレルモでさえも、バロック様式は、寺院でも他の建物でも、灰色の石柱が並び、重い石を積み重ねたうえに、ゴテゴテといらずもがなの装飾が我がもの顔してのっているというもので、簡明なルネサンス様式に比べて、趣味が悪いということになっている。良くいって、荘重とでもいうしかない。

しかし、シラクサやノートの町のバロック建築は、これらとはまったくちがう。モディカの町のも同じだ。荘重に比べて、ここでは壮麗なのである。軽いのだ。軽薄という意味の軽さではない。あくまでも、壮大で優雅で美しくて、それでいて重さを感じさせないのである。

この違いは、どこからくるのであろうと考えた。まず第一に色だ。普通のバロック建築が灰色の石を使っているのに反して、ここでは、やわらかい感じの、少し赤味をおびたベージュ色の石材を用いている。第二の違いは、設計にある。前者に比べて、設計に変化がある。ファサードが平板でなく、半月形にふくらんでいたり、寺院の前から、スペイン風の階段がずっと降りていたりする。ファサードを飾る円柱も、しょうしゃなコリント式のものだ。だが、最大の違いは、この色とこの形とが、背後の蒼空《あおぞら》と見事に調和していることであろう。これが、壮麗で明るい感じを与えている。

美術史家もふくめて、史家と名のつく人々は、御苦労なことだと思う。どういうわけかそういう人々は、歴史の流れればかり気にしていて、大勢から離れた興味あるもの美しいものに、かまっている暇がないらしい。おかげで、ぞくぞくしてくるほど面白い歴史を、味もそっけもないものにしてしまうのである。

シラクサからラグーザにいくまでの、シチリアでも最も南の地方の田園風景を、私は、イタリアのどこよりも好きだ。平地や山の斜面に、見わたすかぎりオリーブ、レモン、オレンジの樹《き》が植えられていて、その間を、所有地の囲みなのであろう、低い石垣《いしがき》が走っている。石垣は、高さが五十センチぐらい、角型でなく、上にいくにしたがってゆるく円をえがくように、二十センチ角の石をうまく盛りあげてある。延々と続く塚《つか》のようだと思えばよい。

このあたりは地味があまり良くない土地柄《がら》で、土の下には、石ころがたくさん埋まっている。地味の悪い土地でも育つオリーブの樹など植えるにしても、石ころは取り出さねばならない。取り出した石の処置を考えた末、長い塚にしたのであろう。

眺《なが》めは、さんさんと降りそそぐ陽光を受けていながら、けっして暖かなものではない。雨の降る前などに車を走らせていると、まさに荒寥《こうりょう》とした感じさえ与える。だがそれだけになお、日本のやさしい田園風景や、トスカーナ地方の暖か味のある田舎に慣れ親しんだ眼《め》には、不思議な魅力をもって迫ってくる。北アフリカで砂漠《さばく》を見た時も、これと似たような感動を味わったものだった。

だが、この地方の人々は、私の讃辞《さんじ》を、複雑な表情で受ける。彼らにいわせれば、シチリアは、昔から今のような荒れた地ではなく、十七世紀までは、緑豊かな島であったのだそうだ。これは、古代ギリシア植民地《マーニャ・グレチア》時代から、ローマ、アラブ、ノルマンと続く支配下でも、少しも変らなかったことは、当時の文学や歴史を読めばなるほどと思う。それが丸裸にされたのは、スペイン支配下時代、例の無敵艦隊を造るのに、スペイン本国は、シチリア島の森林を切り倒して使ってからである。その後も、植林事業に努めるには、政治が悪すぎた。だから、いったん雨が降ると洪水《こうずい》を起し、雨が降らないと水キキンになる現状だ。

私にいわせれば、シチリアがカナダみたいになったらがっかりだ、となるが、彼らにとっては、それこそが夢なのかもしれない。

シチリアの中央部に入っていくと、自然はもっと厳しくなる。切りたった山肌《やまはだ》がガクガク立ち、その下の方に、少しばかりの麦畑が見えがくれする、最も貧しい地域だ。道だけは、アスファルトも真新しい。

夕方の六時近くともなると、百姓たちが町に帰る時間だ。彼らの家は、田畑の近くにはなく、町中にある。以前は、共同防衛の必要があったからであろう。

アスファルトの道を、ポツンポツンと百姓たちが家路へ向う。自動車を避けて、道の右端にそって、馬に乗って行く。仲間同士で連れだって行くのを見たことがない。服装だけはほとんど同じだ。洗いざらしのワイシャツ、着古した上着とズボン、それに、皆いい合せたように黒い鳥打帽を眼深《まぶか》にかぶっている。鞍《くら》の両わきには、かごか袋がぶらさがってゆれている。中には、百姓道具であったり、人によっては、背後から人間が見えないほどに、まきやわらの束を積みあげている。

ところが、この百姓たちは、きまったように小犬を連れている。馬の鞍から、長く引いた綱につないで連れている。小犬は、ゆったりと歩む馬に遅れまいと、チョコチョコせわしなく小走りに行く。無愛想な百姓の黙々と馬を進めるのと、その後になったり時には先になったりして走る駄犬《だけん》の小犬の組み合せは、奇妙に暖かい印象を与える。おそらく、夜明けから日没までの長い間、たった一人で家から遠く離れた畑で過す男たちには、せめて、昼食のチーズの切れはしを投げ与えたり、時には名を呼んで叱《しか》る相手が欲しいのであろう。小犬は、孤独な男たちの唯一《ゆいいつ》の友達の役をしているのかもしれない。

少し海岸に近づくと、馬は、馬車に変る。馬車といっても、粗末な、しかしシチリア独得の、絵を描いた横板の荷馬車である。ローマあたりでは、これを模したオモチャに、飴《あめ》を入れて売っている。極彩色のとても派手な、中世の騎士伝説を描いた板の囲いも、実際に使われているものは、もう泥《どろ》に汚れて色があせている。この荷馬車を引くのは、二頭のろばだ。だが、ここにも小犬がいる。犬は、馬車の下の横軸につながれ、例によってチョコチョコ小走りに行く。

沿岸の比較的大きな町の近くになると、もう馬や荷馬車で行く百姓を見なくなる。その代りに、オート三輪や小型自動車で、百姓殿は御帰館だ。私は、追い越しのたびに、よくよく注意して車の中を見たが、そのどこにも、小犬の姿はなかった。オート三輪や車だと、昼食時にも町の家に帰れるだろうから、もう小犬のお相手はいらないのかもしれない、と思った。でも、少し残念だった。

しかし、馬や荷馬車で行く百姓にしてみれば、オート三輪や車を持つことが夢なのかもしれない。どうもよそ者は、無責任な感傷にひたりすぎる。

シチリア人ほど、出身階級によって顔つきが違う人種も少ない。それも、上下ふたつにしか分れない。ところが、社会的地位は関係ないのだ。というのは、終戦後、下から上への移動が盛んになったので、政治家とか資本家とか、マフィアと結びついて勢力を得たにちがいない人々に、下の階級独得の顔がよく見られる。背が低く、顔つきに品がなく、チョビひげをはやし、身ぶり手ぶりも派手に話す人々だ。社会的地位もない民衆となると、貧しさのためにさらに貧弱になる。スイスやドイツ、アメリカに移住したり、出かせぎに出たりしているこういう人々は、チュニジアやリビアの人々と混じると、区別もむずかしくなるほどだ。

残るは、ほんのひとにぎりの、昔からの上流階級である。背は比較的高く、顔つきは立派で、優雅な物腰の人々だ。映画『山猫《やまねこ》』の主人公を演じたバート・ランカスターを、不適役だと日本ではいわれたが、ここにいると、ランカスターは見事にシチリアの貴族に扮《ふん》したと思うし、それよりも、ピストル片手にという彼のそれまでのイメージから、シチリア貴族中の貴族を想像できた、ヴィスコンティ監督の眼識におそれいるほどである。だが、『山猫』にも描かれていたように、こういう人々は消えつつある。いや、もうほとんどいないといった方がよい。大農園制度が崩壊すれば、彼らもまた没落をのがれられない。医者や弁護士になって本土へ移るか、それとも工場経営に手を出すかだが、そうなればそうなったで、もう優雅ともいっていられなくなるのであろう。パレルモ一のマッシモ劇場の初日は、ミンクをはおった豚であふれている。二百年続いた菓子屋も、ついこの間店を閉めた。今では誰も、手をかけた上品な味の菓子よりも、見かけの立派な安いものを欲しがるのである。手作りの黒いレースのショールが欲しくて探したが、そんなものを売る店はとうにない、と人にいわれた。

ある夜、マリオネットを観《み》に行った。子供向けの人形芝居である。パレルモの下町にある芝居小屋で、九時からはじまるという。

たずねたずねして行った先は、下町も下町、貧しい身なりの子供たちが走りまわり、のそのそ歩く猫をふみつけそうな一角だった。入口で切符を買う。一人千リラ。子供相手にしては高すぎるなと思ったが、その理由はまもなくわかった。古びたカーテンをくぐって中へ入ると、おとなばかりなのである。それも、アメリカ人、ドイツ人と一見してわかる観光客だ。それらが、五メートル四方の小屋に、行儀良く坐《すわ》って待っている。マリオネッーと呼ばれているこのあやつり人形の芝居は、パレルモの名物で、ここまで来たのなら名物を観なければ、ということであろう。

開幕近くなった頃《ころ》、ドヤドヤと一団の子供たちが入ってきた。いずれも、古びたアンダーシャツに半ズボンというでたちで、どうやらこの近辺の子供たちらしい。彼らは、慣れた物腰で、思い思いの座席、といっても木板を並べただけのものだが、それに腰かけた。あの子供たちが千リラも払うわけがないから、きっと無料入場だな、と思う。終演後に、彼らの一人を五円玉で買収してききだしたところでは、はたしてタダ入場で、小屋の親方が、観たい者は誰でもおいで、といっているのだそうだ。だから彼らは、テレビで、サッカー（カルチョ）試合か歌謡番組のない晩は、なんとなく仲間が集まって、ここにくるのだという。小屋の親方の気持もわからないではない。人形芝居なのだから、いくら金《かね》を払ってくれても、観客がおとなばかりでは、演ずる方だって、それを観る方だって、なんとも気分が出ないというものである。人形芝居には、やはりじゃりがいてくれた方がよい。

手まわしオルガンが、けたたましい金属性の音をたてはじめて、開幕である。劇団結成一八九〇年というこのジュセッペ・アルジェントと息子たちの劇団は、要するに家族ぐるみで、切符切りは娘、オルガンをまわす係りは一番小さい息子、人形をあやつるのが親父《おやじ》と大きな息子二人、というところらしい。

まず、舞台一面に下げられた幕を見て、私は吹き出しそうになった。なんとそれは、百年前のイタリア統一戦争の図で、赤シャツを着たひげづらの、ガリバルディらしい男も描かれている。中世フランスの騎士物語を演ずるにしては、奇妙な取り合せではないかと思ったが、観ていくにつれて、こんなことぐらいに驚いてはいられない、と思うようになった。

スルスルと幕が上ると書きたいところだが、そんなものではない。細長い棒から下っていた幕は、バタンと乱暴におとされ、これが開幕である。そしてあらわれたのが背景で、そこには、国籍不明の景色が、派手な色で描かれている。登場人物が、一人一人出てきて、名乗りをあげる。人形は、アルミ製の甲冑《かっちゅう》を着けているので、登場するたびに、ガチャガチャ、これまたにぎやかな音がひとしきりする。名乗りをあげた後は、またガチャンと音をたてて並ぶ。オルランド、リナルドと、日本でいえば義経《よしつね》や弁慶みたいにポピュラーな彼らも、このあやつり手にかかっては、ひどく乱暴にあつかわれる。騎士たちは、かぶとの羽根飾りも派手に並び終ると、いっせいに、神のため女のために奉仕すると誓う。これで、第一場は終りだ。

第二場は、これまた乱暴にバタンと幕が落ちて、どう見てもイタリアのどこかにちがいない背景画を前に、ヒロインの登場である。インドとの混血の王女アンジェリカで、舞台はインドである。この王女の服装たるやまた奇妙なもので、ルイ王朝式のドレスに頭にターバンをしている。彼女は今、悪い王に結婚を迫られていて、この苦境を騎士たちに救ってもらおうと述べる。悪い王様とは、インド人なのにサラセンの服を着て、顔つきもそうだ。シチリアは、中世時代、サラセンの海賊に悩まされたので、悪者といえば、みなサラセン人にしてしまう。これで、第二場終り。

このあたりまでは、タダ入場の子供たちは、もう何回となく観ているためであろう、舞台など見もせず、周囲の外国人のおとなたちを見まわしたり、仲間同士でおしゃべりしたりいたずらしたりして、はなはだ落ちつきなくうるさい。手まわしオルガンの係りの子供も、それに気をとられてついまわすのを忘れ、オルガンが、ウーウという音を最後に止ったりして、幕の向うから親父に、セリフとセリフの間に、バカヤロー、何をねぼけている！　と怒鳴られ、あわててまわしはじめる始末だ。その間にも、これまた十字軍時代にしては奇妙にも、十六世紀の甲冑を着けたオルランド以下の騎士たちが、王女アンジェリカを救いに出かける話が続いている。時折、バタンと派手な音をたて、幕が落され、背景が変る。落された幕がいくつかたまると、誰かの手が舞台にのび、それらを乱暴に取りかたづける。

悪い王様と正義の騎士たちの間での、決闘の場面となった。ガチャガチャガチャガチャと、人形たちは、派手な決闘場面をくりひろげる。アルミの剣と剣、盾と盾がぶつかり、オルガンがわめく。ガチャガチャの方は、ちゃんとリズムに乗っていて、なかなか景気はよい。だが、このリズムは、オルガンの音のリズムとは、まったく無関係なのである。ここにいたって子供たちは、シンと静まりかえり、熱心に舞台を見つめている。この場面だって何回も観たはずなのに、やはりそのたびに魅了されるものか、真剣そのもののような顔つきをして、人形たちから眼を離さない。

話は、もちろん正義の騎士が勝ち、王女を救い出し、メデタシメデタシで終る他愛《たわい》ないものである。しかも、登場人物、背景など、荒唐無稽《こうとうむけい》もここまでくると、あきれるのを通り越して壮快になる。鞍馬天狗《くらまてんぐ》と近藤勇《いさみ》が仲良しだなんていう程度のものではない。時代は何世紀もはしょり、場所も判定するにお手あげというしろものだ。

一時間ほどして、幕となった。勢ぞろいした人形たちに、万雷の拍手である。子供たちは興奮して頬《ほお》を赤くし、外国人のおとなたちも、ニコニコと満足した様子だ。イタリア語で演じたのだから、観光客にはわかったのかと思ったが、よく考えてみれば、中世騎士物語は、彼ら西洋人にとって、子供の頃《ころ》から聞かされているオトギ話なのである。もう暗記するほど筋を知っているから、セリフなどわからなくともかまわないのだろう。

芸術的にどうかなどと、興ざめなことはいうまい。大切なのは、いかにタダ入場にしろ、子供たちが楽しんでいることなのだから。彼らも成長しておとなになると、今もおとなたちがやっているように、これらの物語の場面を横板に描いた荷馬車をろばに引かせて、畑仕事に出かけるのかもしれない。正義の騎士《パラディーノ》たちの物語は、こうして、いつまでも彼らに親しい存在となり続けるのであろう。

私の好む教会建築は、芸術的にすばらしいものであるとか、宗教的な雰囲気《ふんいき》に満ちているとか、そういう真面目《まじめ》な理由によるものではない。ここでなら結婚してもいいなあ、というのが規準となっている。この規準によれば、これまでの私の最も好きな教会は、三つあった。ヴェネツィアから船で四十分ほどへだたったトルチェッロの島のカテドラーレ、この教会はロマネスク様式で、明るく乾いた十一世紀の美しい教会である。もちろん、ここでなら結婚してもいいなあ、と思う理由は、ヴェネツィアからの往復に、ゴンドラを使うと考えてである。ムードは満点ではないか。第二は、フィレンツェの丘の上にあるルネサンス式の聖《サン》ミニアート・アル・モンテ寺院である。これも美しい教会だが、さらに、眼下にフィレンツェが一望のもとに眺《なが》められるという、おまけがついての選択だ。第三は、ローマの聖《サンタ》フランチェスカ・アラ・ロマーナ寺院で、ここもまた、教会を出るや、フォロ・ロマーノが眼前に広がるという利点がある。

ところがシチリアに来て、この選択が、まったくガタガタになってしまった。シラクサとモンレアーレのカテドラーレが、猛烈な追い込みをかけてきたのである。

シラクサの町のカテドラーレは、外部もバロック調で美しいが、内部ときたら絶品だ。ギリシア時代のアテネの神殿を利用して作った教会なので、神殿の円柱が、両横にどっしりと並んでいる。それに色ときたら、円柱のベージュと調和させて、粗い壁面もその色、ところどころに見える木材は栗色《くりいろ》、この他には、天井から下っている燭台《しょくだい》や扉《とびら》などは、すかし彫りの黒の鉄で出来ている。ベージュと栗色と黒。色はこれだけの、簡素ながら気品に満ちた雰囲気の教会だ。書斎もないくせに、作るとすれば、白い壁に、古びた太い木の梁《はり》を渡した天井、机は修道院風の大きく長い栗の木製、これも栗の木作りの長持を長椅子《ながいす》代りに使い、書庫との境は、すかし彫りの鉄の扉で別《わか》つ、花も緑も置かず、天井から床までたれたカーテンは厚地の麻にするか、などと夢見ている私の趣味と、完全に一致している点も、ひどく気に入った。教会の前の広場も、周囲の建物が、壮麗なバロック調で統一されていて美しい。

一方、パレルモから少し離れたモンレアーレにあるカテドラーレは、外部もたいしたことなく、また、教会を出ての眺めもいっこうに変りばえがしない。だが、この内部ときたら、文字で説明することを思うと絶望的になる。

ここまで書いて放《ほう》り出したまま、二日間が過ぎた。しかし、このままで終えるわけにもいかないので、絶望的ながら、文字を使っての描写を試みるとする。

モンレアーレのカテドラーレは、私の趣味と一致するどころの話ではない。私の想像力をはるかに越えた、色彩の饗宴《きょうえん》である。後世に色大理石を敷きつめた床をのぞいて、そして、角型の梁を渡した天井をのぞいて、あとはみな、モザイクで出来ている。金色を主調に、緑、朱、白、ブルーと、それ以外のあらゆる色の洪水《こうずい》だ。側面は両側とも、旧約新約の物語が描かれ、それらの間を、幾何学模様が、まんべんなく埋めている。白大理石をふちどるのも、正面のキリストの像も、大理石の石段の間の部分も、これらがみな、モザイクで出来ているのだ。ラヴェンナのモザイクを見てすでにそのすばらしさがわかっていたはずの私も、モンレアーレの広大な寺院を埋めるモザイクには、まったく言葉もなかった。かつては、床もモザイク製であったことは、脇陣《わきじん》の床から察して想像できる。十三世紀にこのカテドラーレが完成した時は、すべてがモザイクであったのだ。天井の梁もその上の屋根の内側も、ただの木製ではない。これまた、金、朱、緑を幾何学風に配した、あたたかい色調をふりそそいでいる。

これが、地上の天国というものだ、と私は思った。かつてのキリスト教徒は、この中にひざまずき、色彩の饗宴にひたり、両手を広げた正面のキリストの前で、それこそ地上の天国にいる心地がしたことであろう。私が、自分の想像力を越えたといったのは、私がキリスト教徒でなく、地上の天国はおろか、天上の天国さえ夢見たこともなかったからである。

イタリアを訪れる日本人は、とくに自他ともにインテリと称している日本人は、よくこんなことをいう。

「イタリアの寺院はあまりに豪華すぎて、あの中では宗教的気分にひたることもできないだろうに」

宗教的気分とは何であろう。質素な作りの教会の一隅《いちぐう》で、神に近づくことのできる人は、精神力の強い人である。まして、教会もキリストやマリアの像も必要でない、聖書を読めば充分だとする人は、もっと精神力の強い人である。だが、自分の眼《め》の前に、自分のまわりに何かがあって、それに神に近づくのを助けて欲しいと願う平凡な精神力しか持たない一般庶民を、どうして非難することができよう。彼らには、美しい教会が、やさしいマリアの像が必要なのである。天上の天国を信じながらも、地上の天国が、彼らには必要なのである。地上の天国を望んではならないといった、イエス・キリストの言葉に反することではある。だから、キリストの言葉に帰れと、カトリックから分れ、プロテスタントが、そしてピューリタンが生れた。

だが、宗教というものは、弱き者貧しき者のために生れたのではなかったか。地上の天国を許し、地上の神の代理人である法王を認めるカトリック教は、人間の弱さというものに深い理解を持った唯一《ゆいいつ》の宗教ではなかろうか。

私自身は、宗教と名のつくものは大嫌《だいきら》いであり、終始神を拒否して死んでいったドン・ファンの、それこそファンでさえある。しかし、神の代理人としての法王を中心とした地上の教会、数かぎりない美しく豪華な寺院の与える地上の天国を、欲しいと願う民衆の気持を、ただ単に、宗教心の欠如とか堕落ときめつけるほど、人間の心情に盲でもない。

モンレアーレのカテドラーレの創立は、ノルマン人の王様が、パレルモの大司教と仲が悪く、それを見返してやろうとして、小さな村モンレアーレに、パレルモよりももっと豪華な寺院を建てたという、はなはだ人間臭い動機による。この寺院建立《こんりゅう》のためには、王の命令一下、多くの民衆が、長い年月を汗を流したであろう。

だが、圧制者の権力誇示のために人民が犠牲になったとか、貧しい人々のためには、もっと他にやることがあったはずだとか、これら浅薄な議論をもてあそぶだけでは、解決できない問題がありはしないか。王様も、豪勢な行列を従えて入場したであろう。しかし、教会の扉は、誰の前にも開かれているのである。そして、モンレアーレのカテドラーレは、八百年の間、素朴《そぼく》な民衆に、地上の天国を与え続けてきたのである。

カトリック教国では、貧しい小さな町にさえ、不似合いと思われるほどの豪華な教会がある。私にはそれらが、創立の動機は何であれ、常に変らぬ民衆の支持を得てきたと思わないではいられない。

空と海が、はっきりと一線を画している。海の方が、濃い蒼《あお》だ。白い砂浜には、もう誰も泳ぐ者はいない。漁船が幾隻《いくせき》か引きあげられたそばで、漁師が一人、船のペンキ塗りをしていた。赤、緑、白、それらを横縞《よこじま》模様に塗り分け、赤の部分に、ていねいに白い星型を描いている。彼自身の服装といえば、シチリア人によく見られる黒っぽい地味な色のものなのに、小舟だけは、花やかな色で飾っている。この島では、イタリア本土とまったく違って、舟の方が美しくおしゃれだ。ナポリ近くだと、漁師が派手な色のシャツを着ていても、漁船の色は、それほど特別ではないのに。

まわりの舟も、同じように色彩豊かに塗られている。それぞれ模様や柄《がら》は違うのだが、いずれも、原色の組み合せを競い合っている感じだ。蒼い海と空と、白い砂浜と、花やかな色の小舟の一群、そしてそのずっと向うには、アフリカがある。

マフィア

五月ともなると、南国パレルモでは、もう晴れやかな夏。陽光は、午前中から肌《はだ》を刺す。そして、シチリアの島全体が、レモンの香りにつつまれるのもこの季節だ。

だが、パレルモの町の墓地があるこのあたりは、天を突く糸杉が立ち並び、それが陽光をさえぎって、ひんやりとした冷気を漂わせている。糸杉は、南イタリアでは、墓地にはつきものの樹木だ。強烈な陽光から死者を守ってやりたいという、生ある者の長年の思いやりであろうか。

パレルモの町の人々は、この墓地を、〝修道士たちの墓地《チミテーロ・ディ・カップチーニ》〟と、呼び親しんできた。フランチェスコ宗派の修道院附きの墓地であるところからきている。

墓地を出ると、高く長い土塀《どべい》ぞいに、道が町の中心へ向っている。三百メートルほどはあろうか。幅は、三メートルたらずの道だ。左側の土塀の中は、糸杉の立ち並ぶ墓地。右側は、古い貧しい家並が低く続いている。〝糸杉の道《ヴィア・ディ・チプレッシ》〟と呼ばれるこの道は、比較的、人や車の往来が激しい道である。しかし午前中は、いつもながらそれほどでもない。そしてその日、五月五日の朝、糸杉の並木が深い影をつくっているこの道は、奇妙なほどに人影がなかった。午前十時四十五分。

墓地の入口から、濃いブルーのフィアット一、五〇〇が、静かにすべり出てきた。後部座席には、うすくなった白髪の六十年配の男が坐《すわ》っている。パレルモ検事局主席検事ピエトロ・スカリオーネにとって、裁判所に出勤する前の半時間ほどを、亡《な》き妻の墓のそばで過すのは、妻が死んでからのこの六年間、一日も欠かさない日課のようになっていた。その日も、この静かな思いに満ちた日課を終えた主席検事を、警官でもあり、六カ月前から主席検事附きの運転手となっていたアントニオ・ロ・ロッソは、いつものように裁判所へ送りとどければよかった。後部座席の窓は開いている。

車が、速力をあげようとした時だった。突然、前方から白いフィアット八五〇が、全速力で近づいてきた。こちらに体当りするような勢いで突進してくる白いフィアットを見て、運転手アントニオは、あわててハンドルを右に切ると同時にブレーキを強くふんだ。主席検事を乗せたブルーのフィアットは、強いきしむ音をたてて、狭い歩道に半身を乗りあげて止る。

その瞬間、これも急停車した白いフィアットから、ピストルをかまえた数人の男が飛び出した。ブルーのフィアットの中の二人を目がけて、ピストルが乱射される。ガラスの割れる音。弾丸が地表にあたってはねかえるにぶい響き。主席検事スカリオーネは、頭部を二発が貫通、全身に七発を浴びる。運転手アントニオも、腰のピストルに手をかける暇もなく、心臓部だけで二発も受けて、ほとんど即死。賊は、逃走した。この間、わずか十秒、多くても十五秒の間であったろう。
一一三番の急報を受けて、警察官が現場に到着した時、二人にはまだ息があった。運転手はもう身動きもしなかったが、主席検事の方は、何か語ろうとでもするかのように、口を開けたり閉じたりしていたが、それも声にはならない。救急車が病院に着いた時には、二人とも屍体《したい》になっていた。

〝マフィアのしわざ〟

この事件のニュースは、市の入口を封鎖されたパレルモはもちろんのこと、たちまちイタリア全土に広がった。またもマフィアかと、人々の震駭《しんがい》の声が波のように押し寄せてくる感じだった。ほとんど疑う余地もなく、マフィアのしわざと思われた。マフィアが、殺しに署名する時の、典型的な殺人方法なのである。マフィアは、ただその人物を消したいと思う時は、こういうセンセーショナルな方法はとらない。秘《ひそ》かに誘拐《ゆうかい》して殺し、死体は、コンクリート詰めにして建築中の建物の柱にしてしまうか、それとも、工事中の道路のアスファルトの底に埋める。また、人の行き来のない山の中の、岩場の切れ目に投げ込むという、簡単な方法をとる時もある。文字どおり、永久に消してしまうのである。
ただ、この事件が、人々をこれほど震駭させたのは、残酷な殺人事件というだけではなかった。殺されたのが、ほとんど四十年間、マフィアの根城であるパレルモ駐在の検事として、当然のことながら、マフィアに関する一切の事件を担当してきた、国法の執行者である検事、しかもその主席を、白昼堂々と殺害したという点にあった。これは、マフィアの、国家に対する挑戦《ちょうせん》と思わねばならないのか。パレルモの町の人々の口から、恐怖に満ちたこんなささやきがもれた。

「これほどの重要人物を殺すまでになったとすれば、マフィアはつぎに誰を狙《ねら》うのか。明日は、どんな怖《おそ》ろしいことが起るのだろう」

今までに、警官や刑事が殺《や》られたことはあった。しかし、検事が殺されるとは、誰一人考えもしなかったのだ。数年前に起きた、七人の警官を乗せた車が爆発し、全員が死んだ事件は、国会内の反マフィア調査委員会創設の大きな動機となった。また、パレルモと並んでマフィアの動きが活発なアグリジェント駐在の刑事タンドイが殺された時は、刑事のローマ転勤が決り、シチリアを出るということになっていた直前ゆえ、〝知りすぎた男〟が殺されたのだといわれた。だが、今度は主席検事である。そして主席検事スカリオーネもまた、転勤が決り、シチリアを去り、本土のレッチェの検事長に就任することになっていたのだ。単なる復讐《ふくしゅう》でないことは、明らかだった。

では、やはり、刑事タンドイと同じように、マフィアの秘密を知り過ぎていたために、彼がシチリアというマフィアの勢力圏から出て、それらの秘密をもらすのを防ぐために、殺されたのであろうか。〝反マフィア調査委員会〟の委員は、この疑惑を裏づけるかのように、マフィアは、主席検事スカリオーネを殺したのではない、四十年間に彼が知りつくした事実の目録を消したのだ、といった。運転手が殺されたのは、これは当然のことだが、目撃者を消すためである。

しかし、もしこれが理由とすれば、国法を厳格に執行する義務を持つ、検事畑を歩きつづけてきたスカリオーネの、完全な職務怠慢、はっきりいえば、マフィアと通じていて、検事としての職務を手加減していたのではないか、ということになる。

この推理には、すでに、検事スカリオーネにとっては不利な前例があった。バーリの法廷で、マフィアの関係する事件にはつきものの証拠不充分で不起訴にはなったが、身柄は検束中のマフィアの頭《かしら》の一人リッジオが、手術を受けるため入院中のローマの病院から、逃亡したという事件である。リッジオは、警察にとって、マフィアの全組織を探るために役立つ重要な証人として、それこそかけがえのない人物でもあったのだ。反マフィア調査委員会は、パレルモ警察署長と主席検事スカリオーネを、警備不充分の最高責任者として追及することに決めた。最高裁判所による調査の結果、警察署長は職を解かれ、ローマに転任。スカリオーネもまた、ローマへ呼び出された。しかし、彼だけは、数カ月の後に、再びもとのパレルモ主席検事の職に返り咲いている。そして、この表向きは最高責任の追及、しかし実際は、マフィアと通じ、わざと逃がしたのではないか、との疑いを明らかにするはずだった調査も、そのまま資料室入りになってしまった。

この批判に対して、スカリオーネの下で働いていた若い検事たちは、いっせいに反駁《はんばく》する。自分たちはよく知っているが、主席は、けっしてマフィアと通じてなどいなかった。それどころか、非常に厳しく対していたと。そういわれれば、前パレルモの市長をその一派とともに刑務所に送り込んだのも、スカリオーネの決断によったものだった。これでは、主席検事スカリオーネは、自ら犯した罪をあがなったのか、それとも、彼のマフィアへの厳しい処置に対する、復讐の犠牲になったのか、何とも簡単に判断がくだせないことになる。問題は、もっと深いところにあると思わねばならなかった。

一方、他の事件を担当していた検事刑事をすべて集めて設置されたこの事件の捜査本部は、事件発生の直後から、パレルモ市を包囲する厳重な捜査網をはりめぐらせ、パレルモの町だけでなくシチリアの島から本土へ発《た》つ人々を、厳しく取り調べはじめた。事件発生の夜である。ジェノヴァへ向う連絡船に、今しも乗船しようとしていた一人の若い男が、捜査網にひっかかった。男は、ピストルを持っていた。そして、警官が不審尋問をはじめるやいなや、かみそりで手首を切りつけた。

マフィアとは、いったい何かと問われて、確信をもって答えられる人は、おそらく一人もいないだろう。多くの本が出版されたが、それらも、納得いく解説をしていない。もし、マフィアのすべてなんて本が出たとしても、そんなものは眉《まゆ》つばものだってこと、誰もが読まないうちからわかっている。

だから、マフィアについての一般人の知識は、どこかあの話、五人の盲がそれぞれ、象の脚やしっぽや腹などにさわってみて、象という動物はこれこれこんなものだと、一人勝手に判断をくだすという、あのたとえ話に似ている。

私とて例外ではなかった。ずいぶん前にテレビで放映された『アンタッチャブル』と、いくつかの映画に出てきたマフィアを、あれだと思いこんでいたのだ。いちように黒か紺地に白い縞《しま》模様の背広を着、ネクタイをきちんとしめ、ソフト帽をかぶり、人によっては、背広のえりに赤いカーネーションまで飾った男たち。アル・カポネが首領で、密造ウィスキー、売春、賭博《とばく》などで大金をもうけ、シカゴの夜の支配者であり、FBIとの間で、派手な機関銃の撃ちあいをしたり、時には仲間を、残酷に殺したりする男たち。まあ、この程度のものだった。

だが、これは、一九三〇年代の禁酒法時代のマフィアの、しかも一部の姿にすぎないのだということは、今では誰もが知っている。それに、これはアメリカのマフィアで、マフィアとしては、あくまでも分家筋にあたる。それにしても分家としては、ずいぶんと強力になったものだが。

では、これらアメリカ移住組の分家マフィアに対して、それらを生み、育て、送り出した本家筋にあたるイタリア、はっきりいえばシチリアのマフィアについては、もう少しましな知識を持っていたかというと、それがそうでもなかった。

強烈な南欧の太陽の下、白いしっくい壁にそって、ひっそりと歩く、黒い背広に黒い鳥打帽、黒い口ひげをたくわえ、眼光鋭い無口な男たち。殺しは、短剣が一振して沈黙のうちに終る。こんなふうに想像していたのだから、われながらあきれる。そんな私も、ある時、少しは目を開かれる時がやってきた。

五、六年も前のことだろうか。はっきりとは覚えていない。季節は五月である。私は、〝タルガ・フローリオ〟という自動車レースに招かれた。世界の自動車レースでも一番古いのだそうで、その年が、五十周年ということだった。だから、大勢の外国人を招待したのだろう。自動車レースといっても、モンツァのように競技場の中を走るのではなく、普通の道路上での競走である。曲りくねった道で、なかなか高度な技術を必要とするらしい。フェラーリ、ポルシェ、ロータス、フォードなど、各国の一流競走車が出場する、グラン・トゥーリズモ級のレースである。

自動車レースが嫌《きら》いでない私は、このパレルモとチェファルーとの中間あたりで行われる、タルガ・フローリオの招待を喜んで受けた。招待客だと、ボックスにいて、ガソリンやタイヤを代えるのを、目の前で見られるからだ。自動車レースの醍醐味《だいごみ》は、爆音に包まれて疾走する車を見るのではなく、張りつめた緊張の中を、一糸乱れぬ統制で動く、ガソリン係やタイヤ係の男たちと、彼らとレーサーとの間に交わされる、短く無駄《むだ》のない、矢のような言葉を聞くことにある、と私は思っている。

というわけで、その日をフェラーリのボックスで過し、満足しきった私は、夜になって開かれた授賞式パーティに、陽気な気分で出席した。五十周年記念のためか、列席者はレーサーたちを筆頭に、パレルモ市の有力者のオン・パレードというにぎやかさだった。

会場に入ったところで、プラウダの特派記者のウラジミールを見つけた私は、彼に向っていった。もちろん、小声で、

「パレルモはマフィアの一大根拠地というのに、ここにはそんなふうなのは一人もいないみたいね」

ローマにいる外人記者の中でも、有数なマフィア通といわれるウラジミールは、その北海のくまのような巨体をかしげて、私の耳許《みみもと》でささやいた。

「今、きみが紹介される連中の顔を、よく見ておきたまえ」

こういう時、希少価値のある国の女の子は得である。このあたりでは、そうやたらと日本の女の子にお目にかかることもなく、そのうえ、その珍しいのがイタリア語をしゃべるのだ

から。タルガ・フローリオ準備委員長だというその男は、私を、会場の中でもひときわ人の群がっているあたりへ連れて行った。そして、その群れの中心にいる男たちに、紹介しはじめた。皆、見事なカットの黒い濃紺のタキシードを着ている。口ひげをたくわえている者も、こんもりと鼻の下をひげでふくらませているのとは違って細く優雅に、左右へていねいになでつけたものだ。

この男たち一人一人と、握手し短いあいさつを交わしながら、私の心中は驚きではちきれそうだった。恐怖で震えるにしては、私は相当に度胸が坐っているほうなので、言葉がもつれたりする気づかいはない。それに、私は、マフィアとは何の関《かか》わりも持たない存在だから、気は楽というものである。だが、それにしても、この顔ぶれはどうだろう。パレルモ商工会議所会頭、シチリア銀行頭取、代議士、これは各党にわたっていて、数人いた。そのほかに、有名なブドウ酒の醸造家だという男、建設会社社長、大地主の貴族、そして、判事、市長、シチリア知事ときた時には、もう私は、驚きを越えてあきれ果ててしまった。最後に、私が前に立った男は、高位聖職者の服を着ていた。

しかし、ウラジミールは、彼らが皆、マフィアだといったのではない。ただ、顔をよく見ておけといっただけなのだ。帰途の飛行機の上で説明されてわかったことなのだが、ウラジミールとて、誰と誰が確実にマフィアだとは確証できないのだ。だが、彼がいうには、あの会場にいたシチリア出身者の中で、ほぼ半数は、何らかの形でマフィアと関係があり、残りの半数も、友人知己にマフィアがいないという者は、皆無ということになる。

話が前後したが、その夜、授賞式もパーティも終り、ホテルへ帰ろうとした時、モンターノ公爵《こうしゃく》が、私を送ってくれることになった。この優雅な口ひげの紳士とは、私はもう知らない仲ではない。彼は、その日のレースに、フェラーリを駆って出場し、プロのレーサーに混じって、五着に入っていた。

自動車レースに、個人の資格で出場するなどということは、ひどく大金を使うことなのである。車は、二、三周もすれば、バンパーは曲り、ライトは吹っとぶという具合で、レースを終えた時は、ほとんど使いものにならないくらい痛んでしまう。そのうえ、ガソリンを入れる人、タイヤ交換の人などと、そういう男たちも雇わなくてはならないのだ。だから、このモンターノ公爵も、相当な金持で、またそれ以上にレース狂なのだろう。フェラーリのボックスの中に立って、パイプをくわえながら、自分の赤い車の最後の点検を、静かに眺《なが》めていたのが彼だった。

私たちは、歩いて行くことにした。南国の夜は、さわやかだった。その夜、マフィアとは何だろうとたずねた私に、彼はしばらく沈黙していたが、つぎのように語りだした。

「われわれシチリアの人間の生きるこの地は、今では苦い大地だ。マーニャ・グレチアと呼ばれた紀元前のギリシア植民地時代は、シラクサだけで百万人の人口を誇るほど、繁栄していた。だが、ローマ人に征服され、ビザンツにサラセンにと征服者は代る。紀元一千年頃《ごろ》、今度はノルマン人が攻めて来た。ノルマンの後はドイツ。だが、ノルマン王朝もドイツ系のホーエンシュタウヘン王朝も、首都をパレルモに置き、この島に定着した。これらシチリア化した征服者によって、島はふたたび繁栄をとりもどす。そして、その後はフランス系のアンジュー王朝、スペイン系のアラゴン王朝と続くのだ。彼らもまた、首都をナポリに置き、南イタリア化したので、島はやはり豊かだった。それは、その後のブルボン王朝時代も同じだった。

ところが、今から百年前、ガリバルディによってイタリア全土は統一された。その時から、シチリアの貧困時代がはじまったのだ。ローマに首都を置いたにしろ、新しい王は、北イタリアの出身だ。貨幣統一の名のもとに、北イタリアに都合よくできた制度は、南イタリアの富を、北へ北へと吸い上げるに役立っただけだった。最も南にあるシチリアは、工業化時代の動きに取り残された。この時から、シチリアの人々の胸中に、国家への憎悪《ぞうお》、国法への不信の念が、根強く沈潜していった。頼れるのは、同郷人同士の団結しかないという、悲しい自覚とともに。

これが、マフィアを生む土壌《どじょう》となった。この意味では、われわれシチリア人は、未《いま》だに皆マフィアだといえる。だがそれが、今になってわれわれの首を締めつけている」

　パレルモ主席検事スカリオーネが、マフィアの銃弾に倒れてから二日後、遺体は、厳粛な市葬を終えて、夫人の眠る〝修道士たちの墓地《チミテーロ・ディ・カップチーニ》〟に葬《ほうむ》られた。共に殺された運転手アントニオの未亡人には、これまた市長の提案によって、市庁に職を得ることが決った。だが、殺人事件の当日、五十人近くもの容疑者が警察に留められたが、それもつぎつぎと釈放され、一人残った、あのパレルモの港で上船まぎわに捕われ、かみそりで手首を切りつけた若い男も、決定的確証もないまま、それでもようやく起訴にまではこぎつけたらしい。捜査本部は、マフィア関係の事件では必ずぶつかる、例の証人不足という厚い壁につきあたっていた。

　主席検事の殺された現場〝糸杉の道《ヴィア・ディ・チプレッシ》〟は、一方は墓地を囲む高い土塀《どべい》が続くが、他方は民家が並んでいる。合計二十発は撃ちこまれたという銃声を、午前の十一時に、誰も聞かなかったということはありえない。いや、ただ一人の男が、銃声を聞き、何かを見たらしい。その男が、一一三番へ電話をかけ、事件を知らせたのである。捜査本部は、その男の名も年齢も、ひたかくしにかくしている。マフィアに消されるのを心配しての配慮だ。だが、この大工ということだけがわかっている男の証言も、それほど価値の高いものではないらしい。恐怖のあまり、犯人の顔などは見なかったのだろう。ただ、犯行現場の直前にある、その通りでは唯一《ゆいいつ》の空屋の陰から、検事の乗った車が歩道に乗りあげるやいなや、もう一人の男が銃を持ってとび出してきたという証言から、この殺害は、完璧《かんぺき》な計画にそって実行されたものだということがわかっただけだった。

この大工のほかに、少年が一人、勇気ある証人になった。少年の言葉によれば、白いフィアット八五〇が、何人もの男を乗せ、窓から白いハンカチを出しながら、狂気のようにサイレンを鳴らしたまま、走り去ったという。まるで、急病人を病院へ運ぶようだったと。

証人はこれだけである。住民たちは、何も聞かなかったし見なかったと、テレビのインタビューにも、顔をそむけてしまうのだった。

彼らは、知っているのだ。いくら証言しても、結局は決定的な証拠がなく、裁判では、例の〝証拠不充分〟で無罪になってしまうことを。その後が、彼らには恐ろしいのだ。

そのうえ、殺人犯人たちといえども、命令をくだしたボスの顔も知らない、マフィアの組織の雑魚《ざこ》でしかないことも、民衆はよく知っている。そして、雑魚を裁判にかけ、それらの真のボスには手もふれられない国家のだらしなさも、もう充分に知りつくしているのだ。マフィアの実情もわからない北イタリアの人々が、勇気のない奴《やつ》らとののしっても、それに賛同するだけでは済まない何かが、底に沈んでいる。

では、マフィアは、なぜこうも強くなったのか。どんなふうに、いつ頃から、これほど人々の恐怖を支配するようになったのであろうか。

いつ頃、マフィアという秘密結社が生れたのかは、誰もわからない。ただ、はじめの頃、貧しい農村地帯を地盤としていたことは、はっきりしている。シチリアの島でも、とくに貧しい中西部、ジェーラからチェファルーまで縦線を引いた西側である。メッシーナ、タオルミーナ、カターニャ、シラクサのある東部シチリアでは、未だにマフィアの影響を受けていない。だから、中部から西部一帯の貧しい人々が、自分たちのわずかの権利を、自分たちの手で守ろうとしたのが、おそらく発端であろう。

だが、マフィアは、この当初の目的から離れ、そして離れるにつれて強力になっていった。移民としてアメリカへ渡った者も、アングロ・サクソン民族の支配するアメリカで、下積みの生活を強《し》いられるうち、故郷でのマフィアという支柱に頼り、それをアメリカで確立する。

一九三〇年代、アメリカのマフィアが、派手にFBIと撃ち合っている頃、本家であるシチリアのマフィアは、手ひどい打撃をこうむっていた。ムッソリーニ独裁下のファシズム政権が、マフィアに対して徹底的な挑戦《ちょうせん》をしていたのだ。いわゆる今日の民主警察では、自供ぐらいでは有罪にできない。確証がなければ駄目《だめ》なので、マフィアに関する裁判は、ほとんどすべてが、証拠不充分で無罪釈放になってしまう。

しかし、その点独裁政権下の警察は便利にできていて、怪しいのはすぐ捕え、裁判にかけ、殺してしまう。というわけで、ファシズム支配下の時代のマフィア対策は、実に徹底していた。殺すしかない、徹底的に根を絶やしてしまうにかぎる、これだけが、人々の恐怖を取りのぞく唯一の道だと、当時の警察署長は語っている。マフィアは、これで打ちのめされた。だが、第二次大戦が終りに近づくと、ムッソリーニ政権の旗色が悪くなった。これが、マフィアにとって、再び、いや以前以上に勢いを盛りかえす好機となる。

壊滅寸前だったシチリアのマフィアを、助けて起きあがらせたのがFBIであった、といったら、『アンタッチャブル』の熱心なファンは、いったいどんな顔をするであろう。たしかにネスさんは、正義の味方だったかもしれない。だが、FBIは、アメリカの国益を第一とするアメリカ合衆国の機関のひとつであることも、忘れるわけにはいかない。

一九四三年、北アフリカでの戦勝による余勢を駆って、一気にイタリアへ上陸することに決めた連合軍は、はじめての敵地上陸のため、作戦は慎重を重ねられた。モントゴメリー元《げん》帥《すい》ひきいる英軍は、シラクサを上陸地点に選ぶ。では、パットン将軍下の米軍は、どこに上陸すべきか。

ここでFBIは、刑務所に入っていたラッキー・ルチアーノを呼んだ。話し合いが、どんなふうにされたのかは、もちろんまったくわからない。

だが、ジェーラ（マフィア支配の東の境界）に上陸した米軍は、シチリアの中部を通り、パレルモまで、ほとんど突走るような進軍速度だった。先頭を進む連合軍の戦車には、黄色の地に黒く〝L〟としるした旗が、風にはためいていたという。シチリアのマフィアたちの、ラッキー・ルチアーノに対する約束というか、彼から受けた命令というかは、完全に守られた。ルチアーノからアメリカ兵の手を通り、シチリアのマフィアの頭たちに渡された指令書は、いつも絹のハンカチに包まれていた。その絹のハンカチにも、やはり〝L〟と書かれていた。映画『パットン将軍』によると、シチリア中西部を通り抜け、メッシーナまで疾走した米軍の驚異的な速度は、すべてパットンの功績のように描かれていたが、裏にはこんなに完全な道ごしらえができていたのである。シラクサからメッシーナへ行くのに苦労したモントゴメリー元帥の英軍は、マフィアの勢力下にない東部シチリアを、通過しなければならなかったからだ。マフィアが手びきをし、イタリア・ドイツ軍に対する民衆のサボタージュを組織したからこそ、米軍のシチリア攻略は、ああも簡単にやれたのである。

戦争終結後、マフィアは、わがもの顔にのし歩くようになった。イタリア駐屯《ちゆうとん》連合軍の最高責任者チャールス・ポレッテイは、マフィアの頭の一人ヴィート・ジェノヴェーゼから贈られた高級車を乗りまわしていた。ヴィート・ジェノヴェーゼは、南イタリア一帯の食料品その他の密輸品密売を一手に押えていた男である。彼所有のトラックは、これらの品を満載し、MPの検問を堂々と通過していた。

では、最大の功労者であるラッキー・ルチアーノは？

もちろん釈放である。名目は、国外追放処分であった。殺された主席検事スカリオーネとは同じ村の生れの両親を持ち、彼自身はナポリで生れているラッキー・ルチアーノは、凱旋《がいせん》将軍のようにイタリアへ帰ってきた。

自由を得たのは、ラッキー・ルチアーノだけではない。FBIは、彼のほかに、大物小物を混じえた多数のアメリカ・マフィアを、国外追放（?）に処した。フランク・コッポラ、ジョー・パーシー、ジョセフ・デシーカ、ジョー・アドニス、カルロ・カルーゾ、ジョセフ・テルミニ……。

これが、マフィアへのFBIのお礼であった。

彼らを迎えたイタリアのマフィアは、その様相を一変する。もう、農村マフィアではない。アメリカ式である。麻薬の市場は、アメリカからシチリアに移った。タバコの密輸も。これらによって得た莫大《ばくだい》な金は、都市に投資されていく。連合軍シチリア上陸後を、マフィアの第一次興隆期であったとすれば、都市マフィアによる第二次興隆期が、まさにはじまろうとしていた。

私は、時折、シチリアのマフィアとアメリカのマフィアの違いについて、考えてみることがある。今ではだいぶ痛めつけられているようだが、それでもアメリカ・マフィアは派手だ。麻薬、賭博《とばく》、ホテル経営、ボクシング……。それにもうひとつ、アメリカ・マフィアでは、親玉が誰かが知られている。アル・カポネの背後にいて彼を動かし、彼以上の隠然たる勢力を持っていたというような人物がいただろうか。アメリカでは、大ボス同士が競いあい、彼らの間の殺しあいは始終起る。だが、どうもこれら大ボスの背後に、もう一人のスーパー・ボスがいて、糸をあやつっているとは思えない。

要するに、アメリカ・マフィアは、さすがに分家筋であるだけに、派手ではあるが構成は単純ではないかと想像する。両者の間には緊密な連絡があったはずなのに、この違いは、アメリカという、空をおおうほど大きいがバターを塗っていないパンのような国で、育ったためであろうか。

では、本家筋にあたるシチリア・マフィアの構成はどうなっているのかとなると、これはまったく、誰にもはっきりしたことはわかっていない。分家に比べて、よほど貧乏であるには違いないのだが、構成たるや、複雑をきわめていて、それに多少は近づいたと思われる者は、すべて殺された。ジャーナリストのデ・マウロの消息不明も、この理由でだと思われている。

怪し気な若い者に囲まれ、女たちを連れて、派手に遊び歩いている男たちを捕えてみても、どこからか手がのびてきて、釈放せざるをえなくなる。こういう連中の名は、ちゃんとブラック・リストにのっている。だが、彼ら同士が仲間割れして、機関銃で派手に殺しあっても、いつかまた、新顔があらわれている。どうみても、これらのいかにもマフィアらしい男たちの手で、すべてが行われているようには見えないのだ。背後に誰かがいる。マフィアとは、まったく無縁なような顔をした、誰かがいるはずだ。この、一人か数人かの不明な男を、ひとまずスーパー・マフィアと名附けるとすると、このスーパー・マフィアが、政治とがっちり結びついているところに、シチリア・マフィアの特色がある。シチリア一地方の地方政治ではない。全イタリアの政治である。

イタリアのマフィアは、時の権力に食い込むことによって、第二次興隆期を迎えた。では、どのようにして、時の政治権力に食い込むことができたのであろう。

マフィアが、連合軍のシチリア上陸に手を貸したため、戦後の混乱と食料危機に乗じて、アメリカの黙認のもとに、莫大な富を得たことはすでに述べた。彼らが、ナポリから南をわがもの顔にのし歩いていたこの頃《ころ》、シチリアの人々の中に、シチリア独立運動が芽生えてくる。長年の中央政府に対する彼らの不満が、武装蜂起《ほうき》を通じての独立運動に盛りあがっていた。山賊の、シチリアの庶民は義賊と呼ぶが、サルバトーレ・ジュリアーノの一党は、このシチリア独立を旗印にかかげて活躍したために、ヨーロッパ中の関心を呼ぶことになったほどだ。

しかし、これはローマの中央政府にとっては、無視できない事態である。政府は、なるべく武力鎮圧に訴えることなく、訴えようにも敗《ま》け戦《いくさ》をした後では、軍隊も充分でなかったという理由によるのだが、この独立運動を鎮圧しようとした。

このローマの意向を、いち早く感じ取ったのがマフィアである。マフィアは、これら独立運動の指導者や山賊ジュリアーノを、警察に売り渡した。売り渡したとはいっても、警察に行って、密告したのではない。自分たちの手で殺してやったのだ。山賊ジュリアーノは、マフィアに抱き込まれた配下の者の手で、ブドウ酒に眠り薬が混ぜられ、意識もうろうとなったところを、その配下の者が、ピストルをこめかみに当てた。翌朝、外に捨てられている死体を見つけた警察は、死体と知っていながら、それに向って機関銃の一斉《いっせい》射撃を行なった。

この時期、第一線の検事であったスカリオーネは、ジュリアーノ殺害事件を担当している。そして、これ以後に続く、マフィアの関係するほとんどすべての事件は、スカリオーネの机の上を通過しないものはない、というほどになっていった。

こうして、シチリア独立運動の鎮圧は成功した。だが、シチリアの人々の心の中の不満が、消えたわけではない。これに対する対策として、ローマの中央政府は、シチリアを、特別州とすることに決めた。大幅な自治を与えるわけである。政治的にも経済的にも。

ところが、これにまた、マフィアが食いついてきた。政府に協力した実績がすでにあるから、今度はよほど簡単である。この第二次興隆期は、山賊ジュリアーノの殺された一九五〇年頃から一九六三年ぐらいまでと思われる。都市マフィア、勢力確立の時期だ。

特別州とはいっても、イタリア中央政府の下にあるのだから、国家予算から多額な投資資金が入ってくる。マフィアは、一方で密輸（イタリアでは酒は安いがタバコが高いので、密輸の主品目はタバコである）や、野菜果実市場（シチリアのオレンジとレモンは輸出される）を一手に押えながら、その主力を、建設事業に投入しはじめた。住宅、道路と。その間許可された、工事三千件余りは、ただの五人の業者にうけ負われた。

この時期、パレルモを根拠とするマフィアは、前述のタバコ密輸、青果市場の支配、建設業の他に、港、工場と手をのばし、今では水道まで支配下に置いているといわれる。数年前、パレルモと並んで、マフィアの勢力の浸透しているアグリジェントで、建設中のアパートの群れが崩壊するという事件が起きた。手を抜いた工事の結果である。また、西部シチリアは、水の便が非常に悪い。住民は、再三訴えるのだが、水道設備が改良されたという話を聞かない。住民は、ミネラル・ウォーターを買って飲むしかない。そして、その水の会社は、マフィアの手の内にある。

だが、マフィアの野望は、この程度で満足されなかった。というより、都市マフィアとなった彼らは、それらの利権を守るために、当然、利権を許可する側である政治との結びつきをますます強めていく。まず、選挙を通じて、彼らの支配する票によって当選した代議士を、ローマに送り出す。これに成功すれば、パレルモ市庁を手中にすることなどは、簡単なことだ。そして、マフィア派の代議士を、党内で有力にし、政府の要職につかせる。政府の決定による大事業は、これですべて、彼らのもとにころがりこんでくる。同時に、中小の事業は市庁を押えておけば問題はない。

こうして、中道左派政権という名で、イタリアの政府をにぎっているキリスト教民主党、社会党、社会民主党に食い入るのに成功した。

では、共産党だけは無傷かというと、それがそうではない。マフィアは、共産党に対しては、党とではなく、労働組合を通じて無縁ではない。共産党は、反マフィアの旗印をかかげている。しかし、旗印をかかげるだけならば、他のすべての政党も怠ってはいないのだ。

しかもシチリアには、石油が出る。これには、地中海制海権をねらう左右両派とも、マフィアを無視できず、味方に引き入れようとする。一時、パレルモの高級ホテルは、ワシントンから派遣された007で、いっぱいになったことがあったという。マフィアに関係していると見られるある人物は、モスクワへ招《よ》ばれ、フルシチョフと会見までしている。

これほど強力になったマフィアに、勝てる道は残されているのだろうか。七年前に設置された、国会内の反マフィア調査委員会が、人々の唯一の希望となった時期があった。だが秘密裡《り》に行われているという調査内容は、いつになっても公表されない。しかも、調査対象は、一九六三年以後ということになっている。これでは、都市マフィア確立以後であり、根本的な解決には少しも役立たない。

主席検事スカリオーネ殺害事件によって沸騰《ふっとう》した世論を受け、上・下院の長は反マフィア委員会に対し、調査の公表をすすめた。委員会は、それに答え、五月十四日、パレルモ市庁、青果市場、リッジオ事件に関する調査報告を、国会議員に示すと発表した。だが、イタリア人の最も知りたかったこと、マフィアが、どの政治家とつながっているのかという問題については、いまだ慎重に調査中、と答えただけである。

ローマの各党は、スキャンダルを怖《おそ》れているのだろうか。ただでさえ弱体な連立政権が、崩壊してしまうという怖れのためなのか。これでは、何人かの刑事、検事、国会議員が、いかに勇気をもって対決しても、マフィアは、やはり今度も勝利者となるにちがいない。

友だち

この夏、私には三人の友だちができた。一人は、漁師の子で七歳になるマルコ、もう一人は、都会っ子のペッピーノ、五歳、最後の一人は、十二歳になる農夫の子のサンドロである。シチリアの南端の小さな村ポッツォーロにある、スパダフォーラ家の客として、一週間滞在していた時に知り合った友だちである。

マルコは、陽気でいつもニコニコしている。スパダフォーラ家に、毎朝、魚をとどけにくる。前夜に彼の父親がとってきた、新鮮な魚を入れたカゴを持って、遠慮もなく台所へ入りこみ、そのまま置いていくかと思えば、女中相手に、時にはスパダフォーラ家の主人相手に、必ず一席ぶつ。

「サバだってったって、馬鹿《ばか》にしないでください。父《とう》ちゃんがとってきたやつを、ぼくが港で待ちかまえていて、そのままここに持ってきたんだよ。旦那《だんな》連は、すぐに平目とか何とかいうけどさ。こんなにピンピンしているやつは、司教様だって、なかなか食べられないや」

とまあ、こんな具合である。主人は苦笑して、サルヴァトーレも、商売上手な息子を持ったものだ、という。

マルコは、明日は学校が休みだという日は、父親とともに漁に出かける。ポンポンと鳴るモーター附きの、小さな舟で出かける。港で見ていると、なかなかたいした助手ぶりだ。息子とは反対に、無口でもっそりしている父親に向い、ともの方から、父ちゃん、こっちは準備完了、なんて叫んでいる。そして、港に送りにきている母親のところへ走っていって、そのふところに飛びこんでキスを受け、すぐ、この港町の守護聖人でもあるマリア様の像の前でひざまずき、すばやく十字を切り、また、舟のところへ駆けてもどってくる。

出発ともなれば、彼は、洗いざらしのシャツの腕をまくって、へさきにちょこんと坐《すわ》る。そして、これも出漁準備で忙しい船の間をぬっていきながら、左右の大人たちに、なにやかやと叫んでいる。たいていは相手にされないのだが。

私は、このマルコから、ずいぶんといろいろなことを教わった。夜、昼間の酷暑とはうってかわって、冷んやりとする夜気に風邪をひかないように、ショールを肩にかけた私とマルコは、湾を見降ろす高台に腰をおろすと、水平線上に、漁火《いさりび》が一列となってきらめいているのがよく見える。あの灯《ひ》のひとつは、マルコの父親の舟のものだ。波静かな海面に月が照って、まるで銀の絹を張ったようになる。その海面に、ところどころ、黒い縞《しま》模様が走っている。私は、あれは潮流ででもあるのかと思っていた。ところがマルコにいわせるとそうではなく、海面を吹く風のためなのだそうである。縞模様のところが、他の海面よりも風が高く吹いていて、小さな帆船だと、急に止り、急いでモーターのエンジンをかけなくてはならなくなるという。この他に、星のきらめき具合や風の吹き具合で天候を判断することなど、みな彼から教わった。それを私に教える時のマルコは、ひどく自信に満ちていて、都会っ子はダメだとか、これは女の仕事じゃないとか、最後に必ず一言つけ加える。

海の上で時化《しけ》に遭った時は恐《こわ》くはないかと私がきくと、小漁師はこう答えた。

「恐いよ。とっても恐い。泣きそうになるくらいだ。でも、父ちゃんが、ぼくの肩をつかんで眼《め》をじっと見て、マルコ、心配するな、父ちゃんのいう通りにしろ、っていうと、少し安心する。そういう時の父ちゃんはたいしたもんだよ。落ちついていてキビキビしていて、偉いなあと思う。それに、母《かあ》ちゃんのことを思うと、泣くどころじゃない。ぼくと父ちゃんが漁に出ていて時化になると、母ちゃんは、急いで教会に行き、マリア様にろうそくを一本あげて、ぼくたちのためにお祈りするんだから」

マルコは、六人兄弟の末っ子だ。二人の姉さんはもう嫁に行っていて、三人の兄さんは、先行き不安な漁師ぐらしに見切りをつけ、ミラノとドイツに、工員として出かせぎに行っている。マルコに、大きくなったら兄さんたちみたいにするの、ときくと、彼は、胸を張って答えた。

「ぼくは、父ちゃんの後を継ぐよ。海が大好きなんだ」

だが、この誇り高い小漁師も、ある時、穴があったら入りたいほど恥ずかしい思いをしたことがあった。

クリスマスに学校で上演するキリスト聖誕劇に、マルコは、赤ん坊のキリストを訪れる三人の王の一人に選ばれた。その練習のために、弁当を持ってくるよう、先生からいわれた彼に、母親は、塩漬《しおづ》けのいわしとパンを持たせた。やはりマルコは、この貧しい弁当が恥ずかしかったのか、油紙に包んだいわしを、教科書の間にはさんで学校へ行った。ところが、いつもやるように教科書をわきにはさんでいたものだから、いわしの油が、油紙を通して教科書にしみこんでしまったらしい。教室に入って、机の中にいわしをそっとしまったまではよかったが、教科書を開くや、塩漬けいわしの匂《にお》いが、プンとあたりにただよった。級友は、港町の子だけにこの匂いを知っていて、皆、クスクス笑った。マルコは、真赤《まっか》になって、どうしようかと困り果てたそうである。

ところが、子供というものは不思議なもので、授業が終って、劇に出る子だけ残り、それぞれのお弁当を開いた時、洋服屋の息子で、マルコと同じ三人の王様のうちのもう一人をやる子が、マルコが、背中で隠すようにして、パンを割って塩漬けいわしをはさんでいるのを首をのばして見て、ひどくうらやましそうな顔をし、取り換えようよ、といった。見れば、そっちの方のお弁当は、卵焼やら鶏《とり》のももやら、ほんとうにおいしそうだ。マルコは、すぐにもウンといいそうだったが、母ちゃんのことを考えて、半分だけ交換することを承知したという。彼は、こんな風に打ちあけながら、思い出すようにつけ加えた。

「なあんてうまかったんだろう、あの卵焼。ふんわりしててさ」

洋服屋の子は、塩漬けいわしが珍しかったのではない。だが普通の家では、これは料理に使う。そのままをパンにはさんで食べるなどという荒っぽいやり方は、漁師だけのすることなのだ。試してみれば、とてもおいしいのだが。


五歳のペッピーノの父親はエンジニアで、ミラノの大会社に勤めている。サラリーマンだから夏休みは一カ月しか取れないが、ペッピーノは、七、八、九と三カ月、充分に夏休みを楽しむ。すなわち七月と九月は、父親も母親もいない自由を、おおいに享受《きょうじゅ》するわけだ。お祖父《じい》さん、スパダフォーラ家の主人だが、の家でくらす三カ月間は、ミラノの灰色の空の下に住む彼にとって、何よりも楽しい季節なのだろう。

ペッピーノが、早くお祖父さんのところへ行きたいと願う最大の理由は、海である。ベージュ色の砂浜が見わたすかぎりに続くシチリア南端では、人々は、水泳などはことさらやるものではないと思っているらしく、泳ぎを楽しむ人の数は多くはない。ビーチ・パラソルなどは、ここ二、三年、ポツンポツンと見られるようになった。この、地中海の白い波が寄せる砂浜で、ペッピーノは、日傘《ひがさ》をさした母親に見守られながら、母親のいない間は、どんなに暑い日でも麻の上下にちょうネクタイをしめている祖父の、白い帽子の下から葉巻の煙がゆらりとあがっている方を時々見たりして、ピチャピチャ水遊びをして、一日中あきないのだ。

もうひとつの楽しみは、猫《ねこ》である。母親は、アパート住まいなのにと、彼に猫を飼うことを許さない。だがお祖父さんは、毎年夏になってペッピーノがくる時に、いつも小猫を一匹、見つけておいてくれる。どういうわけか、夏が終ってペッピーノがミラノへ帰ってしまうと、その夏中彼の友だちだった小猫も、どこかへ行ってしまうので、お祖父さんは、夏毎《なつごと》に、また新しい小猫を用意しなければならない。その小猫を、彼はどこにでも連れていく。海岸にも、食事の時も一緒だ。時にはいじわるして、小猫が、ミーイと悲鳴をあげたりする時もある。

去年の夏から、ペッピーノには、お祖父さんのところへ来るのに、もうひとつ楽しみが増えた。お祖父さんから、小羊を一匹贈られたのである。それが今年、成長して子供を産んだ。彼は、ミラノから着くやいなや、小猫をだき、ちょっと海を見、すぐに彼の羊を見にいったものだ。小羊は二匹だった。母羊と子羊二匹は、農夫のサンドロの家で預かっている。サンドロの家では、他からも羊を預かっているが、ペッピーノの子羊は、その中でピンピンと元気に育っている。養育係はサンドロだ。ペッピーノは、一日に必ず一回はサンドロの家へ行き、小猫をだきながら、母羊の乳房に顔をこすりつけている子羊のそばに、長いこと坐ったまま、それから眼を離さない。時に顔をあげては、そばのサンドロに、おっぱいは足りるかなあなどと、心配気にたずねたりしている。サンドロは、この都会っ子の無知にもあきれはてたという顔をし、それでも小さい子供なのだからと思うのか、もちろんと、自信ありげに答えてやる。ペッピーノは、それでほっと安心し、また、あかずに小羊を眺《なが》めだす。

十二歳のサンドロは、九人兄弟の三番目だ。そのうえ母親は、またもお腹《なか》を大きくしている。ねずみじゃあるまいし、どうしてこうも増やすのかと思うが、彼らの無知と、娯楽の無さと、カトリック教会の産制に対する態度が変らないかぎり、何とも解決は望めない。

サンドロは、ほとんど学校へ行っていない。いや二年前から、まったく止《や》めてしまった。彼が行きたくても行けないというよりは、サンドロ自身に、学校へ通う気がなくなってしまったのだ。父親の手伝いをさせられてしばらく休んでから行くと、授業は先に進んでしまっていて、彼一人が取り残され、先生も、そんな彼を邪魔にするではないが、といって、特別にかまってくれるわけでもない。自然にサンドロは、学校へ行かなくなった。父親も母親も、そうかいといっただけである。

サンドロは、おしゃべりなマルコや、いたずらっ子のペッピーノに比べて、ひどくおとなしい。無口で暗い感じさえして、私が何かたずねても、しばらくして単語の答えが返ってくるほどだ。だが、馬鹿ではない。世間智《せけんち》というか小ずるいというか、その方面ではなかなかの者だ。彼ら一家に畑を貸しているスパダフォーラ家に、貸料の一部として持ってくるトマトやオレンジが、箱の上の方だけ大きく良質のものを並べ、下の方は腐りかけているのを見つけ、その犯人を追及したら、父親ではなく彼だったということがあった。怒り狂った父親は、こん棒をつかんで息子をたたきのめし、驚いたスパダフォーラ氏が、あわててサンドロを背にかばい、出て行け！　と叫ぶ父親に、捨ててもおけずに、彼を家に連れ帰ったそうである。それでもサンドロは、打たれたところを手当してもらいながら、独り言のようにこういった。

「父ちゃんはあんな風だから、いつまでたっても貧乏なんだ。共産党に投票してればいつかは良くなると思ってるけど、そんなもんか」

正直一徹な小作人と地主という、サンドロの父親と自分との間の、長年の家族的な関係に慣れていたスパダフォーラ老人は、息子のこの言葉をきいて、冷水を浴びせられたような気がしたそうである。

夏の間サンドロは、昼間は羊を放牧に連れて行き、夕方からは、町のレストランの給仕をして働く。他家の羊を預かっているのだから放牧料がもらえるし、レストランからは給料が出るので、もう立派な労働者だ。母親は、給仕をしていると一食助かると喜んでいる。それに、レストランの主人は良い人で、サンドロが帰る時、その日の残りものをみな、袋に入れて持たせてくれる。これがまた、母親の感謝の一因になる。だがサンドロは、レストランの主人に、グラツィエ（ありがとう）と短くいうだけで、ニコリともしない。ナポリの少年だったら必ずニコニコして、神の祝福がありますようになんて、偽善的ではあっても可愛《かわい》いことをいうのだが、この貧しい、しかし誇り高いシチリアの少年は、背をかがめようともしないのだ。見事でさえある。

サンドロは、自分の将来をすでに知っている。二人の兄は、どちらもスイスに出かせぎに行っている。一人は建築工事場の日傭《ひやと》い人夫、もう一人は、ホテルのボーイだ。あと五年もすれば、彼もまた兄さんたちのように、外国か、運が良ければ北イタリアへ、出かせぎに行くことになるだろう。家には、小さな弟妹たちがひしめきあっていて、いつかは彼も、押し出される運命になっている。両親も、その日だけを待っているのだから。

シチリアのドン・キホーテ

わが親愛なるシチリアのドン・キホーテ、男爵《バローネ》ペンナ殿には、サンチョ・パンサがいない。いや、以前はいたのだが、第二次大戦後、時世の流れを見たサンチョ・パンサは、子供の時に拾われ、育てられ、つかえてきた男爵家の執事を退職して、共産党に走ってしまったのである。だが、これは後で書く。

七十歳を越えていながら、その堂々たる体軀《たいく》に、少しも衰えを見せないペンナ殿は、シチリアの南の端も端、ローマよりもアフリカに近いかもしれないという小さな海岸の町ドンナルカータの、千年このかたの領主様であった。だが、相つぐ農地改革とやらのおかげで、領地は少しずつけずられ、今では、小地主の身になりさがっている。家族はいない。妻は、息子を残さずに死んでしまった。

一年のうち三分の二近くは、太陽がさんさんと降りそそぐ南の国シチリアである。男爵ペンナ殿は、冬の間を除いてほとんどは、麻の形のくずれた背広に白い麻のワイシャツ、それに黒いちょうネクタイというかっこうをしている。百姓に貸してある農地を見まわりに行く時は、この服装のまま、馬に乗って行く。馬も、背広同様、たいして手入れの行きとどいている風には見えない。彼はいう。「百姓というものは漁師とちがい、陰険でずるくできとる。よく監視していないと、すぐにごまかそうとする」

これでも彼は、若い頃《ころ》はイギリスのオックスフォードに留学していたのである。シチリアの上流階級は、ローマなどへは行かない。一番上はイギリスの大学、そのつぎの階級はナポリ大学の法学部、中産知識階級はパレルモの大学で勉強したものだ。ただしこれは、大戦前の話だが。

というわけでペンナ殿も、イギリスで勉強（？）した。だが、私から見れば、彼がその留学生活で得たものは、午後の四時に、ウィスキー入りのママレードと薄味のビスケットに紅茶の習慣と、アガサ・クリスティーをはじめとする推理小説の、熱狂的な読者であるということだけのような気がする。ちなみにイタリアでも、はじめて日本の推理小説の翻訳が出た。松本清張の『点と線』なのだが、『時間表の中の死』なんて情け無い題名になっている。これを推理小説気狂《きちが》いのペンナ殿が読んで、こんなことをいった。

「どうもこれは、推理小説愛好者向きに書かれたものではないようじゃな。説明が多すぎる。こういうサービスは、推理小説の醍醐味《だいごみ》を薄めてしまうんじゃ」

なかなか適切な批評だと思ったが、私は、日本にはあまり推理小説は盛んでなかったこと。

その中でこれが、はじめて推理小説を大衆のものにしたのだといって、少々弁解を試みた。彼は、フンフンとうなずいていた。

どうも話が妙な方向にそれたが、まあこういう具合だと、男爵ペンナ殿は、なかなか愛すべき老人でおさまるのである。ところがどうして、そういう具合には終らない。

男爵ペンナ殿のかつての悲願が、シチリア独立であったと聞けば、たいていの人は笑うであろう。だが、彼とその同志たちは、大まじめに考えていたのだ。

イタリアは、たかだか百年前、北イタリアの地ピエモンテ地方のサヴォイア家とカヴールやガリバルディらが、武力で統一してできた国である。それまでは、オーストリア領のヴェネツィア、ミラノ、トスカーナ大公国、ナポリ王国、法王庁国家などに分裂した状態にあった。シチリアは、ブルボン王朝の治めるナポリ王国に属していたのである。というわけで当然、統一イタリア国家の主導権は、北イタリア人がにぎった。トリノやミラノあたりが工業地帯として発展したのも、政府の北イタリア優遇政策のおかげでもある。自然、シチリアなど南イタリアはそれに取り残され、その地の貧困は有名になった。海外移住者の多くは、シチリア出身者で占められている。

男爵ペンナ殿とその同志は、これではならぬと考えた。本国政府から独立しないと、結局シチリアは、北イタリア人の喰《く》い物になるしかないと。ところが、独立運動だけなら、世界のほかの地でも起っているから、とくに珍しいということはない。面白いのは、彼らの考えが、シチリアをアメリカ合衆国の一州に加えてもらうということであった。ハワイのようにだ。男爵ペンナ殿は、立派な銀色のカイゼルひげをひねりながら、当時を思い出してこういう。

「われわれの理想は、なかなか現実的だったんじゃ。アメリカにはすでに、多くのシチリア人が移住しておる。だから、合衆国の一州ともなれば、シチリアにいるわれわれと、本国アメリカにいるシチリア人とが力をあわせることができる。そうなれば、政府内の要職だって占められるし、うまくいけば、大統領に誰かを選ばせることだってできたんじゃ。フランク・シナトラも協力してくれるだろうし」

シナトラはシチリア系ではある。だが、どうにもこの考えは、楽観的すぎるではないか。彼にいわせれば、ちっぽけなイタリアとどうこうするよりは、大アメリカ合衆国をものにした方がずっと良いということになるのだが。

しかし、この楽しくも壮大なシチリアのアメリカ州化の考えは、あえない最期《さいご》をとげねばならなかった。まずは独立しないと、アメリカも話には乗ってくれまいということで、武力蜂起《ほうき》が計画され、男爵家の地下室には、ブドウ酒の樽《たる》やオリーブ油のつぼの間に、ひそかにイギリスから買い附けた多量の武器が隠されたままではよかったのである。だが、ある晩、警察署長が、何気ない風をよそおって訪ねてきて、男爵ペンナ殿の耳許《みみもと》でささやいた。

「男爵様ア、もうみんなわかってますんじゃ、危ない物はお出しくだされ。そうしたら何もなかったことにしますけに」

「そうかね。仕方あるまい。じゃあ夜中にでもトラックで来い」

署長が去った後、地下室に降りた男爵ペンナ殿は、カンテラの灯《あか》りを受けて黒光りする武器の山を、感慨ぶかげに眺めた。そして、全部渡してしまうのもしゃくだったので、記念にと、手榴弾《しゅりゅうだん》を二個、小銃を二丁というように、全種類の武器を一対《いっつい》ずつ上へ運び、寝台の下に隠した。四人の巡査を連れてきた署長は、それでもトラック一杯分の武器を押収《おうしゅう》したという。

さて、ここ十数年の男爵ペンナ殿の敵は、もう本国政府ではない。共産党である。イタリアでは、共産党が押せ押せの強さになっているのだが、シチリアの片田舎でも例外ではない。ドンナルカータの町は、今や共産党一色である。では、どんな風にしてこれまで勢力を広げてきたかというと、ある年、ここドンナルカータにも、本土からの細胞とやらが来て、町民に向って演説をぶった。農民や漁民を相手では、むずかしい理論や、人間は皆平等などと説いても、どのへんで平等なのかもわからず無駄《むだ》と思ったらしい。それで、こういった。

「同志諸君、共産党が天下を取れば、諸君は、今は旦那《だんな》連が住んでいるあの家に住むこともできるし、もう働く必要もなくなるのだ」

これは受けた。だがまだ、農民たちは迷っていた。神様がこれをお許しになるだろうかと、それが心配だったのだ。この気配を察した共産党は、ドンナルカータの町の守護聖人を、選挙ポスターに使ったのである。甲冑《かっちゅう》に身を固め、馬に乗ったこの守護聖人は、どうもあまり共産党的ではないが、そんなことは農民たちには関係ない。安心した彼らの票は、これで共産党になだれこんだのである。町会の与党は、共産党となった。町長は、男爵家の前執事サルヴァトーレである。

これが、男爵ペンナ殿には、はなはだ気にいらぬ。彼にいわせれば、共産主義者どものやることはまったくなってないということになる。まず彼らが最初にやったことは、町の中央広場を、ペンナ広場から人民広場と変えたことだった。ついで、海岸通りに立ち並ぶ町の上流階級の人々の家、といってもペンナ家とその親族と医者に弁護士など数軒にすぎないのだが、それらの家だけが海岸を独占するのはふとどきである。海岸は、人民のために活用さるべきであるということで、砂浜に遊歩道を作ろうとした。男爵ペンナ殿は、自然を台無しにすることだと大反対したのだが、町会で可決されてしまった。しかし、工事は中途で止《や》めである。予算がつきたので、工事続行は不可能という理由からである。おかげで遊歩道は、誰も通らない無残なセメントの山となって残された。その他にも、農民が働かなくなり、祭日を待つのと同じ気持で、ストライキのはじまりを待つとか、男爵ペンナ殿にいわせれば、世も末じゃ、ということになる。

ある夕方、白いしっくいの家が並ぶドンナルカータの町を、私は男爵ペンナと歩いていた。その時、壁にそって道を曲ってきた、小肥《こぶと》りの身にきゅうくつそうな三つボタンの背広を着た小男が、遠くからうやうやしく帽子を取りながら叫んだ。

「お手に接吻を《バッチョ・ラ・マーノ》、男爵様ァ《シニョール・バローネ》」

男爵ペンナ殿は、声が来た方向をひとにらみし、例のカイゼルひげをひねって、いった。

「あれが、サルヴァトーレじゃ」

私は、思わず笑ってしまった。お手に接吻《せっぷん》をとは、シチリアでは、近づいて手に接吻するのも恐縮なほどの人に対するあいさつの言葉である。どうみても、共産党的ではない。だが、遠くからそんなあいさつを叫んだ声が、何となくなつかし気なひびきを漂わせ、また、それに答えるでもなく、かえってにらみ返した男爵ペンナの顔に、ひとはけの暖かさが浮んだと見たのは、私の感傷であったろうか。

界を描くことのできる塩野七生は、間違いなく現代あって超一級の歴史小説家と言えよう。

2

本書「イタリアからの手紙」は、歴史小説家塩野七生の出発点を知る上で興味深いエッセー集である。

わたしは塩野七生の歴史小説はほとんどすべて読んでいると思うが、エッセー集は未読だった。

わたしにとって、歴史小説の著者としての塩野七生は、言ってみれば大舞台でスポットライトを浴びながら踊るプリマドンナである。

それに対してエッセー集の著者としての塩野七生は楽屋でくつろぐ私人としての塩野七生である。私人塩野七生に興味がないとは言わないが、プリマドンナ塩野七生だけで当面は十分という気がわたしにはあって、敢《あ》えて本書を手にとらなかった。

ひとつには楽屋でくつろぐプリマドンナを見てイメージを壊したくないという勝手な思いこみがあった。

が、今度このエッセー集を読んで、それは勘違いだったことに気づいた。

プリマドンナは、楽屋にあってもプリマドンナだったのだ。このプリマドンナは舞台上で美しい死を演じた直後に、楽屋で世話話《せわばなし》に興ずるタイプではなく、依然として舞台上にあるのと同じ精神の格調を保っているプリマドンナだった。

わたしは嬉《うれ》しくなった。

この「イタリアからの手紙」は多少若書きではあっても、全体にきわめて格調の高い好著である。

と、言ってそこにはしちめんどくさい哲学談義や、抹香《まっこう》臭いお説教の類は一切ない。読み進むにしたがって見えてくる「わたし」は、一風変わっているが、自由で、楽しげで、かろやかではあるがうかれているわけではない。また思索を好むが、官能から遠いわけでもなく、友人は多いが、人間間の必要な距離はきちんととっている。

そしてこの女性、つまり若き日の塩野七生の視線の強さ、確かさの中には、すでに後に華麗なる歴史小説群を書きつぐことになる歴史小説家塩野七生の、あの官能的でありながら鋼《はがね》のような硬度を持った視線が、宿っている。

その意味で、本書には歴史小説家塩野七生のルーツを見るという楽しみもある。

3

どうも歴史小説家塩野七生を考えるのに急で、ついつい小文の主役たる筈《はず》の「イタリアからの手紙」がおざなりになってしまった。

刊行以来四半世紀が経《た》とうとしているのに、このエッセー集はいまだまったく色褪《いろあ》せていない。

何よりも楽しく、またイタリアの風光がきらきらと輝いている。

更に言えばエッセー集という、平板な呼称が似つかわしくないほど、変化に富んでいる。ある回はよくできた笑劇のように気分がよく、また同時に知的な笑いを読者に供してくれるし、また別の回ではイタリアの風景が水彩のスケッチ風に描かれる。後の塩野七生を思わせる歴史に関する深い洞察《どうさつ》が披瀝《ひれき》されたと思うと、モラヴィアの「ローマ物語」を思わせるような小粋《こいき》な人間観察があったりする。(実際、なんでもない人間描写の巧みさは、彼女が歴史小説の分野でなく、戯曲や短編小説作家への道を歩んだとしても大成したであろうと思わせるほどだ。)

しかもそれだけバラエティーにとんでいながら、読後ある統一した印象を受けるのは、ひとえにエッセー集を貫く視線の強さにある。それはひと言で言ってしまえば、志のある人の視線の強さである。

4

もし独断でこのエッセー集の中から好みの三編を選べと言われれば、わたしは「骸骨寺《がいこつ》」と「ある軍医候補生の手記」と「ナポリと女と泥棒《どろぼう》」を採るだろう。

この三編に漂う抑制の利いたユーモアをわたしは愛するからである。

「骸骨寺」は現在ではマスコミにとりあげられすっかり有名になってしまったが、塩野七生の骸骨寺観はいまだユニークというにたる。

「ある軍医候補生の手記」の「ロ・ドゥーロ（堅いきんたま）」には思わず笑ってしまった。もっともイタリア以外の国でこれをやったら銃殺ものだろう。

「ナポリと女と泥棒」はエッセーの見本というべき作品で、わたしはうならされた。殊に「しかし、その私をほんとうに怒らせる時がきた」以下の人を食った、それでいながら妙に納得させるラストにはうならされた。

それから「皇帝いぬまにネズミはびこる」も捨てがたい。要するに二千年もの間、ローマはきちんとした下水道清掃をしなかったという話なのだが、逆に言うと二千年も前に作り上げたインフラがいまだきちんと機能しているとは、うらやましいというよりあきれてしまうと言った方がいい。

他にも今読み直すと味のあるエッセーが多い。このエッセー集のエッセーから受ける印象は先に述べたように実に多様だが、その多様さがいちいち好ましいのだ。

その点から言っても希有《けう》なエッセー集と言えるだろう。

（平成八年十一月、作家）

この作品は昭和四十七年六月新潮社より刊行された。

塩野七生著

チェーザレ・ボルジア
あるいは優雅なる冷酷

ルネサンス期、初めてイタリア統一の野望をいだいた一人の若者――〈毒を盛る男〉としてその名を歴史に残した男の栄光と悲劇。

塩野七生著

コンスタンティノープル
の陥落

一千年余りもの間独自の文化を誇った古都も、トルコ軍の攻撃の前についに最期の時を迎えた――。甘美でスリリングな歴史絵巻。

塩野七生著

ロードス島攻防記

一五二二年、トルコ帝国は遂に「喉元のトゲ」ロードス島の攻略を開始した。島を守る騎士団との壮烈な攻防戦を描く歴史絵巻第二弾。

塩野七生著

レパントの海戦

一五七一年、無敵トルコは西欧連合艦隊の前に、ついに破れた。文明の交代期に生きた男たちを壮大に描いた三部作、ここに完結！

塩野七生著

マキアヴェッリ語録

浅薄な倫理や道徳を排し、現実の社会のみを直視した中世イタリアの思想家・マキアヴェッリ。その真髄を一冊にまとめた箴言集。

塩野七生著

サイレント・マイノリティ

「声なき少数派」の代表として、皮相で浅薄な価値観に捉われることなく、「多数派」の安直な〝正義〟を排し、その真髄と美学を綴る。

塩野七生著
イタリア遺聞

生身の人間が作り出した地中海世界の歴史。そこにまつわるエピソードを、著者一流のエスプリを交えて読み解いた好エッセイ。

塩野七生著
愛の年代記

欲望、権謀のうず巻くイタリアの中世末期からルネサンスにかけて、激しく美しく恋に身をこがした女たちの華麗なる愛の物語9編。

沢木耕太郎著
一瞬の夏（上・下）

非運の天才ボクサーの再起に自らの人生を賭けた男たちのドラマを〝私ノンフィクション〟の手法で描く第一回新田次郎文学賞受賞作。

沢木耕太郎著
バーボン・ストリート
講談社エッセイ賞受賞

ニュージャーナリズムの旗手が、バーボングラスを傾けながら贈るスポーツ、贅沢、賭け事、映画などについての珠玉のエッセイ15編。

沢木耕太郎著
チェーン・スモーキング

古書店で、公衆電話で、深夜のタクシーで――同時代人の息遣いを伝えるエピソードの連鎖が、極上の短篇小説を思わせるエッセイ15篇。

沢木耕太郎著
彼らの流儀

男が砂漠に見たものは。大晦日の夜、女が迷ったのは……。彼と彼女たちの「生」全体を映し出す、一瞬の輝きを感知した33の物語。

イタリアからの手紙《てがみ》

新潮文庫　し－12－9

平成九年一月一日発行
平成九年六月五日六刷

著者　塩《しお》野《の》七《なな》生《み》
発行者　佐藤隆信
発行所　株式会社新潮社

郵便番号　一六二
東京都新宿区矢来町七一
電話　編集部（〇三）三二六六―五四四〇
　　　読者係（〇三）三二六六―五一一一
振替　〇〇一四〇―五―八〇八

価格はカバーに表示してあります。

乱丁・落丁本は、ご面倒ですが小社読者係宛ご送付ください。送料小社負担にてお取替えいたします。

印刷・二光印刷株式会社　製本・株式会社植木製本所

ISBN4-10-118109-8 C0195